용병들의 대지
Road of Mercenaries

용병들의 대지 12

이모탈 퓨전 판타지 소설

초판 1쇄 찍은 날 § 2017년 5월 22일
초판 1쇄 펴낸 날 § 2017년 5월 29일

지은이 § 이모탈
펴낸이 § 서경석

편집책임 § 이지연
편집 § 이창진

펴낸곳 § 도서출판 청어람
등록번호 § 제387-1999-000006호
등록일자 § 1999. 5. 31
어람번호 § 제1-2699호

주소 § 경기도 부천시 부일로 483번길 40 서경B/D 3F (우) 14640
전화 § 032-656-4452   팩스 § 032-656-4453
http://www.chungeoram.com
E-mail § chungeorambook@daum.net

ISBN 979-11-04-91335-8 04810
ISBN 979-11-04-90905-4 (세트)

이모탈 퓨전 판타지 소설
FUSION FANTASTIC STORY

용병들의 대지
Road of Mercenaries

12

[완결]

도서출판 청어람

용병들의 대지
Road of
Mercenaries

CONTENTS

CHAPTER 1   황성에서의 전투   7

CHAPTER 2   마테리아 가문에서의 전투   47

CHAPTER 3   임페리움 용병단의 위용   83

CHAPTER 4   첫 번째 안배   119

CHAPTER 5   두 번째 안배   157

CHAPTER 6   성역의 안정   193

CHAPTER 7   끝을 향한 마지막 안배   231

CHAPTER 8   파국   269

작가의 말   308

CHAPTER 1
황성에서의 전투

그와 함께 수없이 많은 유령이 일렁이며 기사들과 병사들을 덮쳐들어 갔다. 제국의 제2공작이자 재상이었던 라이언 베나비데스 공작이 역모했단 이유로 그 일족과 그를 따르는 수없이 많은 귀족이 제거되고 새롭게 탄생한 황실 마탑의 마법사들이 움직였다.

그들 또한 기존의 황실 마탑의 마법사들이었으나 그들은 권력에 물들지 않았고, 오로지 마법을 위해서, 또한 제국을 위해서 목숨을 바쳤다. 어쩌면 또다시 옳지 못한 길을 가는 것인지도 모르지만 그들은 기존의 탐욕에 젖은 마법사들과는 달랐다.

　짧은 기간이지만 그 덕분에 그들은 빠르게 안정을 되찾을 수 있었고, 오욕으로 점철된 황실 마탑을 새롭게 바꾸는 데 성공했다. 그리고 지금 이 자리에서 그 결과를 내보이고 있었다. 그들은 하나가 되어 마법진을 형성하였고, 그 마법진은 형체 없이 이리저리 날아다니며 기사들과 병사들을 위협하는 유령들을 막아내기 시작했다.

　파바바바박!

　"끼아아악!"

　마법사들이 만들어낸 마법진에 부딪히며 유령들은 심혼을 흔드는 날카로운 비명을 질렀다. 마나를 다룰 줄 아는 기사들은 각자의 무기에 마나를 담아 주춤거리는 유령들을 소멸시켰다. 물론 모든 것이 의도대로 흘러가지는 않았다.

　파아악!

　"꺼어억!"

　유령에 직격당한 병사가 기괴한 소리를 내며 허리를 꺾었다. 잠시 후, 허리를 편 병사는 눈동자에서 시퍼런 귀화를 터뜨리며 들고 있던 창과 검으로 주변의 병사들을 가차 없이 공격해 들어갔다.

　"이, 이봐!"

　"마틴! 정신 차려, 마틴!"

"죽여! 그는 이미 마틴이 아니다!"

"하, 하지만."

"멍청한 놈! 아직도 모르겠느냐?"

"이익!"

망설이는 병사들.

닦달하는 기사들.

방금 전까지 등을 맡기며 같이 싸운 동료였다. 그런 동료를 어찌 죽일 수 있을까? 하지만 기사들은 용서가 없었다. 병사들보다 기사들이 더 이성적이었기 때문이었을까? 그건 아닐 것이다.

아무리 같이 훈련했다고는 하지만 기사와 병사는 엄연히 계급적으로나 신분적으로 나뉘어 있었다. 신분엔 벽이 있었다. 그러하기에 지금 이 순간 기사들은 병사들보다 더 객관적으로 상황을 판단할 뿐이다.

참다못한 기사가 검에 마나를 담아 이성이 제압되어 난동을 부리는 병사를 일검에 베어버렸다.

"키에엑!"

검이 할퀴고 지나간 자리에는 검푸른빛이 쏟아지며, 난동을 부리던 병사는 고장 난 인형처럼 우뚝 멈춰 섰다. 그리고 그의 눈동자와 떡 벌린 입에서 검푸른빛이 쏟아져 나왔다. 그 검푸른빛이 모두 쏟아져 나왔을 때 병사는 핏기 하나 없이 말라가기 시작하였다.

그리고 종내에는 방어구가 썩어 들어갔으며, 물기 하나 없
이 살짝 부는 바람에도 먼지가 되어 허공에 흩어져 갔다. 그
모습을 벌겋게 눈을 뜨고 바라보고 있는 병사들.

병사들은 깨달았다. 검푸른 귀화가 일렁인다는 건 살아도
사는 것이 아닌, 바로 죽음을 의미한다는 것을 말이다.

그래서 그들은 다시 창과 검을 들었다.

"우와아아악!"

그들은 처절한 함성을 지르며 검푸른 귀화가 일렁이는 병
사들을 향해 쇄도했다. 개중에는 기사들도 있었다. 그들은 동
료를 죽여야만 했다. 방금 전까지 함께 싸우던 전우의 심장에
검을 찔러 넣어야만 했다.

"크하하하하! 그래, 죽여라! 죽여! 죽이는 거다."

휘오오오웅!

무겁고 습한 바람이 불어왔다.

비엔토 스피리투스는 푸르스름한 마나를 일렁이며 앙천광
소를 했다. 그의 주변은 그에게 장악되어 있었다. 그를 향해
쇄도하던 아론의 투박한 대검이 검푸른 귀화로 일렁이는 공간
을 내려쳤다.

콰아아앙!

쩌엉!

후드드득!

앙천광소를 하던 비엔토 스피리투스는 광소를 뚝 멈추며 아론을 쏘아봤다.

"네놈……."

"그렇게 웃으면 목구멍 안 아프냐? 나 같으면 겁나게 아플 것 같다만."

"……."

대답은 없었다.

하지만 비엔토 스피리투스는 분노하고 있는 게 분명했다. 그의 애병인 창을 꽉 움켜쥔 손이 바르르 떨리는 것을 보면 말이다. 감정이 극대화된 그였고, 어쩌면 당연한 것일지도 몰랐다.

화르르륵!

그의 전신을 휘감고 도는 푸르스름한 귀화가 더욱더 거세게 타오르기 시작했다.

"그거 불이냐? 뜨겁냐?"

아론은 희한하다는 듯이, 아니, 굉장히 궁금하다는 듯이 물어봤다.

"음… 그거 스프도 끓일 수 있는 거냐? 고기도 막 굽고."

"이이익!"

화르르륵!

푸르스름한 귀화가 타올랐다.

"아씨, 싫으면 싫다고 그러지 화를 내고 지랄이여? 물어보지도 못하냐?"

"죽어라!"

타오르는 푸르스름한 귀화의 이글거리는 끝이 떨어져 나왔다. 그리고 수십, 수백, 수천의 청백색의 무언가가 아론을 향해 쏟아져 나갔다. 그저 보기에는 청백색의 구슬과 같았지만, 자세히 그 구슬을 들여다보면 그 속에는 절규하는 해골들이 존재했다.

구슬 속에 갇혀 있는 것일까?

그들은 절규하고 있었다.

비명을 지르고 있었다.

애원하고 있었다.

살려달라고.

하지만 그 누구도 구슬 속에 갇힌 그들을 살려줄 수는 없었다. 그들은 이미 죽은 자들이었고, 영혼이 구속당해 있었기 때문이었다. 소멸당하지 않는 한 그들의 애원은 이뤄질 수 없었다.

하지만 그래도 그들은 애원했다. 끝없는 고통 속에서 구원해 달라고. 그 구원의 비통함이 인간을 공격하기 시작했다. 애원이 원망으로 변했기 때문이었다. 이곳에서 헤어날 수 없었다. 이 끝없는 고통에서 벗어날 수 없었다.

'왜 구해주지 않느냐?'

'너희들은 왜 살아 있느냐?'

'죽어라. 너희들도 죽어라.'

'그래서 우리와 같은 비통함과 절절함을 겪어라.'

'잡아먹고 말겠다.'

'그래서 이 비통함을, 이 괴로움을, 이 고통을 알려주겠다.'

"끼아아아악!"

구슬 속에 갇힌 해골들은 다 같이 비명을 질렀다.

그 비명은 아론을 향해 일점으로 달려들었다.

아론은 느릿하게 투박한 양손대검을 들어 올렸고, 다시 느릿하게 휘둘렀다. 좌에서 우로, 우에서 좌로, 위에서 아래로, 아래에서 위로.

휘우우우웅!

느릿하기 그지없건만 그 느릿함에 대기가 공명하면서 무겁디무거운 공명음을 토해냈다. 그리고 수십, 수백, 수천의 푸르스름한 구슬들이 빨려 들어가기 시작했다. 어디가 시작이고 어디가 끝인지 몰랐다.

아론이 만들어낸 공명음은 그 모든 것을 빨아들였다.

그리고.

퍼서서석!

그 공명음 속으로 빨려 들어간 푸르스름한 청백색의 구슬들은 마치 오래된 쿠키가 부서지듯 산산조각이 나면서 사라졌다.

"흐하아아~"

그리고 기괴한 소음을 만들어냈다.

마치 소멸되는 지금 이 순간을 만족한다는 듯이 말이다.

그 모습을 지켜보던 비엔토 스피리투스의 얼굴은 더욱더 검은색으로 번들거리기 시작했으며, 그의 눈동자 역시 더욱더 탁하게 물들어갔다. 어디가 어둠이고, 어디가 그인지 알 수 없었고, 경계조차 불분명해지기 시작했다.

"어둠은 모든 것의 시작과 끝일지니……."

그 속에서 비엔토 스피리투스의 음성이 음울하게 들려왔다. 아론은 수없이 많은 악령의 공격을 막아내고 소멸시키는 와중에도 그런 비엔토 스피리투스의 모습을 힐끔 바라봤다.

'어째 저 새끼들은 봐도 봐도 정이 안 들어.'

그는 지금 이 상황에도 긴장감 하나 느끼지 않았다. 그냥 귀찮을 뿐이었다. 곤충에 비유하자면 정말 귀찮은 모기 같은 존재. 하지만 그의 표정은 근엄하기 그지없었다.

'여기서 그런 말을 할 필요는 없으니까.'

아론은 냉정한 표정을 유지한 채 끊임없이, 그리고 느릿하게 투박한 양손대검을 휘두를 뿐이었다. 그것은 단순한 휘두름이 아니었다. 그것으로 세상을 더욱더 깊은 어둠 속으로 빨려 들어가게 만들고 있는 비엔토 스피리투스의 기세가 더 이상 확장되지 않게 만들고 있었다.

공간을 차단한 것이다.

그 순간 비엔토 스피리투스의 검은 눈썹이 꿈틀거렸다.

"흐으으읍!"

그는 자신의 기세를 더욱더 강력하게 강화시켰다.

파직!

파지직!

하지만 자신의 깊고 깊은 타락한 어둠은 더 이상 확장하지 못하고 있었다.

"용쓰지 마라. 그러다 싼다."

어느새 수십, 수백, 수천의 영혼의 구슬을 모두 소멸시킨 아론이 그와 얼마 멀지 않은 곳에 그림같이 서 있었다.

"네놈……."

"한 가지 물어보자."

"감히……."

"엘더 에퀘스쯤 됐으면 해먹을 건 다 해먹었을 텐데 뭘 더 원해서 어둠에 물든 거지?"

아론은 비엔토 스피리투스의 감정 따위는 전혀 신경 쓰지 않는다는 듯 자신이 알고 싶은 것만 물어봤다. 그것은 비엔토

스피리투스 역시 마찬가지였다. 둘은 서로 상대를 철저하게
무시하고 있었다.

"……."

아론의 물음에 비엔토 스피리투스는 별달리 말이 없었다.
그는 한참 동안 아론을 쏘아보더니 나직하게 입을 열었다.

"이 세상은 정화되어야 한다."

"그건 네 생각이냐, 아니면 다른 어떤 놈의 생각이냐."

"무슨 말이지?"

"정말 이 세상이 정화되어야 한다고 생각하나?"

"물론이다."

"근데… 왜 네가 정화시키지?"

"무슨 말이냐?"

"왜 하필 네놈이 세상을 정화시켜야 하냐고. 세상은 신들이
정화시키는 것 아니냐? 네가 신이냐?"

"그분이 신이시다."

"웃기는 소리 하지 마라. 신이 어떻게 인간이 된다냐?"

"신이기에 가능하다."

"이거 중증이네."

"뭐라? 감히 그분이 신임을 부정하는가?"

"그놈이 신이든 뭐든 내가 알 게 뭐냐? 난 그놈을 본 적도
없구만."

"감히……."

"거참, 그놈의 감히는 정말 지긋지긋하네."

"죽인다아……."

"죽일 수 있다면."

스흐으으~

음습한 안개가 폭풍처럼 몰아쳤다. 아론은 살짝 눈살을 찌푸렸다. 기분 나쁜 안개였다. 이런 종류의 안개가 과연 존재할 것인가, 하는 생각이 들 정도였다. 그래서 묘하게 신경을 거슬리게 하고 있었다.

후우우웅!

아론은 자신의 마나를 증폭시켰다.

그에 그를 향해 스멀거리며 달려오던 음습한 안개가 바다가 갈라지듯 갈라졌고, 종내에는 씻은 듯이 사라져 버렸다.

"크으윽!"

그리고 나직하고 답답한 신음성이 비엔토 스리피투스의 입에서 흘러나왔다. 또한 그를 둘러싼 칠흑의 어둠이 잠시지만 흔들거렸다. 적지 않은 충격을 받은 듯했다. 하지만 그저 잠시간의 흔들림처럼 보였따.

어느새 어둠 속에서 어둠보다 더 어두운 눈동자가 빛나기 시작했다.

"과연 한 수 있는 인물이었던가?"

"한 수만 있을까?"

"그 자신감 좋구나."

"주변을 둘러보고서 그런 말을 하지?"

아론의 말을 들었음에도 비엔토 스피리투스는 주변을 둘러볼 생각조차 하지 않았다. 어둠 속에 잠긴 그의 얼굴에서는 어떠한 감정도 찾아볼 수 없었다. 방금 전까지 격렬한 분노를 터뜨리던 모습과는 사뭇 반대되었다.

"볼 필요 없지. 너 같은 자가 주변을 그대로 둘 리는 없으니. 하지만 그 또한 한계가 있으니… 어둠의 힘에는 그 한계가 없음이라."

후와아앙!

갑작스럽게 비엔토 스피리투스의 힘이 비약적으로 상승했다. 아론마저 잠시 주춤할 정도로 말이다. 아론은 슬쩍 주변을 훑어보았다. 그레이트 소드 마스터가 있고, 소드 마스터가 있으며, 6서클의 황실 마탑주가 있음에도 불구하고 푸르스름한 귀화를 떠올린 자들이 도처에 널렸다.

기사들도 있었고, 병사들도 있었다.

죽어도 다시 살아났다.

병사들도, 기사들도, 마법사들도 질리도록 검을 휘두르고 창으로 찌르고 마법을 난사했다. 그런데도 어둠에 잠식되어 푸르스름한 귀화를 떠올리며 동료였던 그들이 적이 되어 미친 듯이 달려들고 있었다.

처음에는 침착하게 막아내고 공격했다. 하지만 죽여도, 죽여도 끊임없이 몰려드는 그들을 상대하는 데에는 한계가 있었다. 그때 제국의 제1공작인 데이브 바티스타 공작과 황제와 그의 절대적인 신임을 받고 있는 갈릭 아우슈반츠 백작이 나섰다.

"누가 감히 제이니스 제국을 더럽히는가?"

바티스타 공작은 크게 노호를 터뜨리며 일검을 날렸다.

쿠후와아앙!

초승달과 같은 거대한 반월의 오러 블레이드가 수평으로 수십 조각이 되어 퍼져 나갔다.

"숙여!"

기사들은 병사들을 향해 외쳤다. 검에는 눈이 없고, 그 검에서 쏘아져 나가는 오러 블레이드 역시 적과 아군을 가리지 않는다. 기사들의 외침에 병사들은 득달같이 허리를 숙였고, 그들이 허리를 숙이자마자 그 위로 서늘함을 간직한 초승달의 오러 블레이드가 스치고 지나갔다.

"키아아악!"

초승달 모양의 오러 블레이드는 어둠에 물들어 변해 버린 병사들을 스치고 지났다. 그들은 여지없이 괴로운 비명을 터뜨리더니 검푸른 빛을 쏟아냈고 푸르스름한 귀화가 사그라졌다. 그리고 다시 인간이 되어 검붉은 핏물을 뿜어내며 죽음을 맞이했다.

기사들과 병사들은 그런 그들을 두 눈 부릅뜨고 지켜볼 수밖에 없었다. 자신들이 할 수 있는 것은 아무것도 없었다. 그저 지켜보는 수밖에. 그리고 그들에게 안식을 주는 수밖에. 그들은 다시 검과 창을 잡고 변해 버린 동료를 향해 달려들었다.

"동료에게 안식을……."

거기에 갈릭 아우슈반츠 백작 역시 검을 들고 전장에 합류했다. 비엔토 스피리투스의 힘이 강대해지면서 일시적으로 기사들과 병사들을 압도했던 이들이 다시 밀리기 시작했다. 그 모든 것이 바로 바티스타 공작과 아우슈반츠 백작의 가세로 인한 것이라 할 수 있었다.

물론 그 중심에는 비엔토 스피리투스의 힘을 가로막고 있는 아론이 있었다. 아론은 평소보다 조금 더 신경을 써서 그를 상대하고 있었다. 공간을 차단했음에도 공간을 넘어 어둠의 힘을 사용하는 비엔토 스피리투스.

"어둠이 어디에도 있고, 어디에도 없는 존재라면 빛 또한 마찬가지. 그리고 그 어둠을 몰아내는 것 역시 빛이지. 그러므로 너는 이곳에서 죽는다."

"가능할 것 같으냐?"

"못할 것도 없지. 자, 그럼 시작해 보자고."

파앙!

말이 끝남과 동시에 아론이 허공을 박차고 앞으로 나갔다.

"협!"

지금까지 폭발할 것 같은 격노와 함께 침착함을 고수하고 있던 비엔토 스피리투스의 입에서 당혹성이 터져 나왔다. 상상 이상으로 빠른 아론의 움직임에 제대로 대응치 못했기 때문이었다.

퍼엉!

가죽 북이 터지는 듯한 소리가 들려왔다.

"크읍!"

비엔토 스피리투스의 입에서 답답한 신음이 흘러나왔다.

하지만 그것은 시작에 지나지 않았다.

주먹으로 복부를 후려친 아론. 이어서 어느새 대검을 빼들어 넓은 검 면으로 비엔토 스피리투스의 등 뒤를 가격했다. 비엔토 스피리투스는 동시다발적인 아론의 공격을 막아내지 못했고, 복부와 등 뒤에서 전해져 오는 충격에 인상을 찌푸릴 수밖에 없었다.

퍼억!

또다시 아론의 팔꿈치가 그의 목덜미를 가격했다. 일반적인 기사들이라면 아마 단 한 번의 가격으로 목뼈가 부러져 죽음을 맞이했을 것이다. 하지만 비엔토 스피리투스는 절대 일반적인 기사가 아니었다.

인간으로서 극에 이른 자였고, 흑마법으로 인해 한 단계 더 강력해진 터라 아론의 연속된 공격에도 불구하고 그렇게 큰 타격을 받지 않았다. 물론 아론 역시 그를 단번에 죽일 생각은 없어 보였다.

마치 상대방의 모든 것을 끌어내려는 듯 그의 성질만 돋우는 것 같은 느낌이었다.

퍼억!

또다시 아론은 대검의 손잡이 끝으로 비엔토 스피리투스의 가슴팍을 두드렸다.

"커허억!"

비엔토 스피리투스는 둔탁한 소리를 내며 뒤로 날아갔고, 아론은 그를 궤적을 따라 움직이면서 대검을 휘둘렀다. 그 와중에도 그는 들고 있던 창을 휘두르며 아론의 대검을 막아냈다.

따다다당!

검푸른 불똥이 튀며 충격파가 주변으로 옮겨 갔다. 하지만 이미 아론에 의해 공간이 차단된 상태이기에 충격파가 기사들과 병사들에게 전해지지는 않았다. 그래서 그 둘의 대결은 철저하게 구분되고 있었다.

제이니스 제국의 황제는 그 모습을 눈 하나 깜빡이지 않고 지켜보았다. 그리고 겉으로 드러내지는 않았지만 그는 자신의 선택이 옳았음에 나직한 한숨과 함께 가슴을 쓸어내렸다.

　'그를 적으로 돌렸더라면……'

　아마 자신은 이곳에 서서 지금의 광경을 보고 있지 못했으리라. 아마도 그를 아군으로 삼아 용병왕으로 인정하고 용병들의 대지를 인정한 것은 자신의 일생의 통틀어서 가장 잘한 일이지 않을까 싶었다.

　그는 누구보다 강했다.

　홀로 제국을 상대할 수 있을 만큼 강한 자였다.

　그런 자 앞에서 자존심을 내세우고 제국의 주인임을 내세운다는 것 자체가 어불성설일 수 있었다. 그때 당시 한순간의 잘못된 선택으로 그를 적으로 돌렸더라면… 정말 등골이 서늘해질 수밖에 없었다.

　지금 상황은 지극히 안 좋았다.

　어떻게 보면 제국은 풍전등화에 놓여 있다고 할 수 있었으니까 말이다.

　제국의 근간이라 할 수 있는 귀족들의 절반이 역모로 인해 죽임을 당하거나 작위를 박탈당했다. 기사들도 있었고, 마법사들도 있었다. 그 와중에 오크족의 침공이 있었고, 큰 줄기는 잡았지만 아직도 제국은 오크족의 잔당들로 인해 몸살을 잃고 있었다.

그리고 또 다른 반역이 있었다.

바로 에퀘스의 성역에서 일어난 반역.

이것은 현 제국의 기반을 뒤흔드는 커다란 반역이라 할 수 있었다. 제국의 귀족과 황제 자체를 불인정하는 반역이니까 말이다. 하지만 그들에게까지 손을 쓸 여유가 없었다. 모든 일은 폭풍처럼 몰아치고 있어 오크족의 침공만으로도 제국은 허덕이고 있었다.

그나마 용병왕의 명으로 규합된, 제국의 정예와 맞먹는 용병들이 있어 상황은 점점 호전되고 있을 뿐이었다. 그러한 판국에 일어난 에퀘스의 성역의 내분은 제국의 근간을 흔드는 것과 같았다.

에퀘스의 성역은 기사들의 성역이었다.

그러한 기사들의 성역이 흔들린다는 건 제국의 가장 기본적인 무력이 흔들린다는 것과 다르지 않았다. 그런 답답한 와중에 용병왕이란 존재는 달콤한 꿀과 같다고 할 수 있었다.

용병왕은 홀로 오크족의 침공과 에퀘스의 성역의 균열을 막아내고 있었다. 생각지도 못했던 용병들의 막강함이었다. 그저 거리의 부랑아 정도로 생각했던 집단이 바로 용병이었다. 그런데 그 용병이 하나로 뭉치자 완벽하게 달라지고 있었다.

그래서 가슴을 쓸어내리고 있는 것이다. 그리고 지금 눈앞에서 벌어지고 있는 상황을 보며 그러한 생각은 더욱더 단단해지고 있었다. 근위기사단장을 마치 어린아이처럼 가지고 놀다 죽여 버린, 스리피투스 가문의 전대 가주이자 풍제라 불렸던 비엔토 스피리투스였다.

그런 풍제 비엔토 스피리투스를 상대로 그야말로 근위 기사단장을 대하듯 하고 있었다. 그러함에도 불구하고 주변에는 전혀 피해를 주지 않고 있었다. 그것은 의도적이라고 생각지 않을 수 없었다.

그 역시 제국의 황제이지만 황가에서 전해져 오는 황실 검법을 익혔다. 소드 마스터까지는 아니더라도 기사의 검을 알아보고, 마법을 알아보는 데는 그리 어려움이 없었다. 아니, 기사들이나 마법사들보다 더 노련하다고 할 수 있었다.

그런 그이기에 지금의 상황이 얼마나 대단한지 모를 리 없었다.

쿠우우웅!

제국의 황제가 그렇게 생각하고 있을 때 둔중한 소음이 그의 귀에 들려왔다. 그는 화들짝 정신을 차리고 전방을 바라봤다. 그때 비엔토 스피리투스가 튕겨져 나가며 벽과 부딪혔다.

아론이 공간의 분리를 사용했음에도 불구하고 그 파괴력이 얼마나 강했던지 벽과 부딪힌 면에 방사 형태로 쩌억 균열이 발생했다.

"크윽!"

비엔토 스피리투스의 입에서 검고 진득한, 그리고 알 수 없는 불쾌감을 전해오는 토사물이 쏟아져 나왔다. 전투에 들어서 어떤 표정도 드러내지 않던 비엔토 스피리투스의 얼굴이 미미하게 변해갔다.

"크윽! 네놈!"

그는 서서히 분노하기 시작했다.

푸르스름한 화염이 그의 전신을 불태우기 시작했다.

"좀 맞으니까 해볼 만해졌나 보지?"

"죽인다!"

그 말이 끝나기도 전에 비엔토 스피리투스는 이미 움직이고 있었다. 그의 흑색 창이 무수히 많은 환영을 만들어내고 있었다. 아니, 환영이 아닐지도 몰랐다. 그 수십, 수백 개의 창이 아론을 향해 쇄도했고 아론은 대검을 빙글 돌려 그 모든 창을 쳐냈다.

"겨우 이 정도인가?"

"아직이다!"

비엔토 스피리투스의 창이 다시 움직였다. 마치 살아 있는 것 같았다.

휘오오옹!

바람이 불기 시작했다.

습하고 기분 나쁜 바람이었다.

이것이 진정한 비엔토 스피리투스의 창술임이 분명했다.

아론의 눈썹이 꿈틀거리다 이내 담담해졌다.

살을 에는 듯한 어둠의 살기가 쏟아졌다. 아론은 담담하게 그 모든 것을 받아들였다. 빛이 있음에 어둠이 있고, 어둠이 있기에 빛이 존재한다. 그 둘은 떼려야 뗄 수 없는 존재이다. 아론은 한쪽으로 편향되지 않았다. 그렇기에 빛과 어둠을 모두 다룰 수 있었다.

비엔토 스피리투스의 실수는 아주 작다고 할 수 있었다. 아론이 어둠을 다룰 수 없고 오로지 그분과 자신만이 어둠을 다룰 수 있다고 생각한 것.

하지만 지금은 그것조차 잘못된 생각이었다.

아론의 어둠은 원초적인 어둠이었다.

타락한 모든 어둠까지 포괄하는 그런 어둠 말이다.

그리하여 아론에게 흡수된 어둠은 그를 해하는 것이 아니라 그에게 힘이 되어주었다. 아론이 흰 이를 드러내며 웃었다. 그에 반해 비엔토 스피리투스의 어둠은 크게 흔들렸다. 보기에도 그의 단단함이 깨지고 있음을 느낄 수 있었다.

"의외인가?"

"네놈이 어떻게……."

"어둠이라는 것. 꼭 너희들만 다룰 수 있다고 누가 그러던가?"

"그럴 리 없다. 어둠은 오로지……."

"되지도 않는 소리 하지 마라. 빛이 있기에 어둠이 존재하고, 어둠이 있기에 빛이 존재한다. 누가 먼저랄 것도 없고, 누가 뒤랄 것도 없다. 빛과 어둠은 서로 경쟁하는 관계가 아닌 상호 보완하는 관계이다. 세상의 모든 것이 그러하지."

"무슨 말도 안 되는."

"말이 되든 안 되든 너희들의 패인은 결국 세상 자체를 하나의 극단으로 판단하고, 그 극단으로 몰아갔기 때문일 것이다."

그러면서 아론은 손을 들어 올렸다. 그에 비엔토 스피리투스의 전신을 감싸고 돌며 그에게 힘을 전해주고, 힘이 되었던 어둠이 아론에게 빨려 들어가기 시작했다.

"아, 안 돼……."

비엔토 스피리투스는 발악을 했다.

무력으로 부딪힌다면 어떻게든 해볼 수 있다고 생각했다.

하지만 이것은 무력이 아니었다.

정신력도 아니었다.

강함과 약함의 차이도 아니었다.

그저 이끌려 흡수되고 있을 뿐이었다.

그러하기에 저항할 수 없었다. 안 된다고 외치고, 발악을 해봐도 어쩔 수 없었다. 그때 그는 퍼뜩 생각이 떠올랐다.

'도망칠 수 없다는 말······.'

그 말의 의미를 말이다.

"설마······."

"설마?"

"일로스를 만난 것이더냐?"

"꽁지 빠지게 도망가더군. 난 빙제라 일컬어지는 그가 그렇게 꼬리를 말고 도망칠 줄 몰랐다."

비웃음이었다.

하지만 비엔토 스피리투스는 그것이 비웃음으로 들리지 않았다. 한순간 잘못된 자신의 판단으로 그분의 대업에 누를 끼칠 수밖에 없음에 참담함을 맛보았다. 그리고 깨달았다.

"네놈이구나."

"뭐가?"

"그분께서 경계하는 놈이 바로 네놈이란 말이다."

"경계? 글쎄? 정말 경계 맞을까?"

"뭐라?"

"상대가 얼추 맞아야 경계라는 말을 사용하는 것이다. 네가 말한 그분이라는 놈이 정말 나와 격이 맞다고 생각하는 것인가?"

"네놈이 감히······!"

"제대로 힘도 써보지 못한 주제에 별말을 다 하는구나. 누누이 말하는 거지만 너희 놈들은 참말로 감히라는 말을 잘 써. 그러다 맞으면 안 아픈가 봐? 그러다 죽으면 환생이라도 한다디?"

"……."

아론의 이죽거림에 비엔토 스피리투스는 할 말이 없었다. 점점 힘이 빠져나가는 느낌이 들었기 때문이었다. 이것은 정말 좋지 않았다. 세상에 그 누구도 다룰 수 없는 어둠의 힘이었다. 일반적인 흑마법사들이 다룰 수 있는 그런 힘도 아니었다.

이 힘은 그분께 직접 받은 것이었다. 그분은 이 힘은 감히 누구도 감당할 수 없다고 했다. 세상에서 가장 고귀한 힘이니 자신을 위해 그 힘을 쓰라 했다. 그런데 그런 고귀하고 강대한 힘을 스스럼없이 뽑아가는 자가 있었다.

이게 대체 어떻게 된 일인가?

'그분께서… 거짓을 말한 것인가?'

어둠의 힘이 빠져나가자 비엔토 스피리투스는 분열되기 시작했다. 의심의 불씨가 살아나고 하나둘 의심이 되기 시작했다. 육체는 나약해지고, 뼈는 물러졌으며, 심장은 힘없이 뛰기 시작했다.

'아니다, 아니다. 그분은 거짓을 말하지 않았다. 거짓은 저자

가 말했다.'

애써 부정했다.

하나 그렇다 해도 달라지는 것은 없었다.

그에 비엔토 스피리투스는 이를 악물며 결심을 굳혔다.

살아갈 수 없었다.

그렇다면 마지막을 이곳에서 장식해야 했다. 때문에 그는 일말의 후회가 깃들었다. 혼자 오지 말았어야 했다는 것을 말이다. 세상에는 자신들보다 강자가 무수히 많다는 것도 깨달았어야 했다.

만에 하나라는 것을 잊어먹고 있었다.

그래서 결심했다.

'같이… 죽는 거다.'

그는 어둠의 마나를 집결시켰다. 아론의 눈이 가늘어졌다. 그리고 서늘한 미소가 떠올랐다.

"죽으려면 혼자 죽어라. 물귀신처럼 끌고 들어가지 말고."

"어떻게⋯⋯!"

"어둡다고 안 보이는 것은 아니지. 그리고 너의 어둠은 이미 나의 어둠과 동화되었고 너의 모든 것이 나에게로 전이되고 있다."

"있을 수 없는 일이다."

"세상에는 종종 믿을 수 없는 일이 일어나고, 있을 수 없는 일이 발생하기도 하지."

"흐허억!"

아론의 말이 끝남과 동시에 비엔토 스피리투스의 입에서는 바람 빠지는 듯한 소리가 흘러나왔다. 그가 스스로 죽음을 택하기 위해 어둠의 마나를 모았으나 그 마나마저 아론에게 빨려 나가자 극심한 공허함에 허물어지고 있었다.

순간 비엔토 스피리투스의 모습이 드러나기 시작했다. 어둠과 같았던 그의 모습이 서서히 사라지며 회색으로 변해갔고, 인간의 피부색을 드러냈으며, 마침내는 피부가 쭈글쭈글해지기 시작하더니 일순간 먼지가 되어 사라졌다.

피부가 사라지고, 근육이 날아가고, 뼈가 바스러져 먼지처럼 사라져 버렸다. 그가 사라짐과 동시에 그의 통제하에 있던 어둠이 일소되었고, 푸르스름한 귀화가 일렁이던 병사들은 허물어져 통나무처럼 쓰러졌다.

어둠에 물든 동료들과 창검을 부딪치며 싸우던 기사들과 병사들은 그 모습을 멍하게 지켜보았다. 그리고 자연스럽게 야공을 바라봤고, 그 야공에는 한 명의 사내가 투박한 대검을 등 뒤로 돌리며 서 있었다.

'용병왕!'

'용병들의 왕!'

그랬다.

용병들의 왕이 그곳에 있었다.

용병이 아닌 그들의 왕이 서 있었다.

황제보다 높은 자리에 서 있었다. 그럼에도 불구하고 그는 전혀 황제처럼 권세를 행하지 않았다. 단지 군림할 뿐이었다. 그는 계단을 걷듯 걸어서 허공을 내려와 황제의 앞에 서며 가볍게 허리를 굽혔다.

황제와 왕.

하나 그 누구도 아론의 그런 행동에 눈살을 찌푸리지 않았고, 오히려 당연하다고 생각하고 있었다.

"와줬구려."

"당연히 해야 할 일입니다."

"하지만 그 당연히 해야 할 일이라는 것이 당연하지 않았으니 용병왕은 진정 제국을 위했구려."

"그것이 용병입니다."

"그렇구려. 그것이 용병이구려. 한데……."

무언가 물으려는 황제.

그에 아론은 황제가 무엇을 물으려는 것인지 알고 있다는 듯이 고개를 끄덕이며 입을 열었다.

"이제는 아실 때가 된 듯합니다."

"그러하오?"

"그렇습니다."

"듣고 싶소."

"공작과 주요 핵심 귀족들을 호출하셔야 할 것입니다."

그에 황제는 고개를 끄덕이며 입을 열었다.

"이미 이곳에 있는 이들 모두가 그런 자들이오. 그러하기에 이곳에 득달같이 달려온 이들이니."

"그렇군요. 그러면 안으로 드시지요."

"그럽시다."

황제와 용병왕이 안으로 들어갔다.

그들의 뒤를 따라 몇몇의 귀족들과 기사들이 대전으로 들었다. 남은 기사들과 귀족들은 무너진 황성과 죽은 동료들의 시체를 수습하기 시작했다. 그들의 얼굴은 동료를 잃은 아픔으로 가득 차 있었다.

대전 안으로 든 용병왕과 황제가 착석하자 몇몇의 귀족과 기사들도 착석했다. 차가 나오고 잠시의 시간이 흘러간 후 용병왕 아론의 입이 서서히 열렸다.

*   *   *

"크윽!"

어둠 속에서 한 명의 사내가 한 움큼의 핏덩어리를 쏟아내며 가슴을 부여잡았다.

"또 한 명… 으득!"

사내의 모습은 젊었다. 하지만 어딘가 모르게 음침하고 사이해 보였다.

총명한 눈동자와 붉은 입술과 창백하리만치 하얀 피부를 가지고 있어 고귀해 보였으나, 마치 뱀과 같은 차가운 느낌이었다. 그는 입술을 비집고 흘러내리는 검붉은 핏물을 혓바닥으로 핥으며 나직하게 중얼거렸다.

"도대체 네놈은 누구냐?"

도무지 알 수 없었다.

멀지 않은 곳에 존재한 것은 분명했다.

자신이 흡수하지 못한 힘은 총 네 개. 그 힘이 점점 강렬하게 전해져 오고 있었고, 이끌리고 있었다. 자신의 내부에서 하나가 된 힘이 그 힘에 이끌려 아우성치고 있었다. 세 개의 힘이 하나가 되면 세상에 당할 수 있을 자가 없을 것이라 여겼다.

자신이 바로 신이 될 것이라 여겼다.

한데 아니었다.

자신의 적수는 여전히 존재하고 있었다.

지극히 강대한 존재로 말이다.

제국 어디쯤엔가 상대가 존재함을 알고 있었다. 하지만 제국 어디에서도 찾을 수 없었다. 마치 스스로 드러내지 않는

한 그 누구도 찾을 수 없다는 듯이 말이다. 그에 사내의 눈에서 새파란 광망이 번뜩였다.

"네 개의 힘이라……."

그는 몸을 일으켜 의자에 앉았다.

그가 있는 공간은 어둠에 잠식되었고, 무엇도 움직이지 않은 굳은 정적에 잠겨 들었다.

"나보다 강하다는 것인가? 그런 건가? 세 개의 힘을 흡수해 하나로 만든 나보다?"

도저히 믿을 수 없다는 표정을 지어 보이는 사내.

와드득!

그는 의자의 손잡이를 움켜쥐었다.

돌로 만들어진 듯한 의자의 손잡이가 허무하리만치 쉽게 뜯겨져 나갔고, 이내 가루가 되어 흩어졌다.

파스스스!

그는 손바닥이 허공으로 향하게 하여 눈높이까지 들어 올렸다. 가루가 되어 손가락 사이로 흘러내리는 의자의 손잡이를 바라보며 날카로운 미소를 떠올리는 사내.

"강함이란 좋은 것이지. 또한 상대가 있는 것 역시 좋은 것이고. 드러내지 않는다고 해서 드러나지 않는 건 아니지. 드러내게 하면 그뿐이니까 말이다, 으흐흐흐."

그는 나직하게 음습한 웃음을 흘렸다.

"누가 있더냐?"

사내가 나직하게 외쳤다.

그에 사람의 형체가 바닥에 솟아나며 부복했다.

"기사들의 대지는 어떻게 되었더냐"

"바람과 물만이 존재합니다."

"실패한 것이더냐?"

"아닙니다."

"그렇구나. 하면 회색의 대지는 어떻게 되었더냐"

"제국으로 넓게 퍼졌습니다."

"머리가 잘려서 숨어든 것이더냐?"

"그렇습니다."

"머리는 어떻게 되었더냐?"

"완성이 되었습니다."

"머리를 그들에게 보내라."

"명을 따릅니다."

처음 나타났던 대로 흔적도 없이 사라지는 존재.

"으ㅎㅎㅎㅎ."

어둠 속에서 사내가 웃었다.

어둠은 사라지지 않는다.

단지 사그라질 뿐.

빛이 비추어도 어둠은 존재하고 빛이 사라져도 어둠은 존재한다.

"다시 시작할 뿐."

*   *   *

콰아아앙!

플람베르 가문의 정문이 부서져 나갔다.

"와아아~"

"모조리 죽여라!"

그리고 함성이 들려왔다.

하지만 플람베르 가문엔 고요한 정적만이 감돌았다. 요란한 소리를 내며 플람베르 가문으로 진격하는 이들과 달리 조용히 플람베르 가문의 내문을 점령한 그들은 불안한 눈으로 전면을 응시했다.

"아무도 없습니다."

"분명 인기척이 있다 했지?"

"그렇습니다."

"그런데 지금은 아무것도 없다?"

"그렇습니다."

"그대를 속일 만한 자가 존재하던가?"

"세상에 강자는 모래알처럼 많습니다."

"그건 나도 안다. 내가 물은 것은 헬 매지션의 단장인 그대의 이목을 속일 정도로 대단한 마법사가 플람베르 가문에 존재하느냐고 묻는 것이다."

"그것은……."

대답을 하지 못하는 마법사.

그에 중앙에 선 기사는 슬쩍 자신의 우측에 선 거대한 체구의 기사를 바라보다 나직하게 한숨을 쉬며 입을 열었다.

"어떻게 된 것인지 모르겠군."

"저희도 당황스럽습니다."

"당황스럽다라… 자네는 어떻게 생각하나."

누구에게 묻는 것일까?

하지만 그의 물음에 허공에서 한 명의 인물이 모습을 드러냈다. 로브와 후드를 갖춘 것이 분명 마법사일 게다.

"공성지계에 당한 듯합니다."

"공성지계라. 그러면 그들이 공격할 목표란?"

"공격이 아니라 방어이지 않겠습니까?"

"방어? 설마?"

"굴카마스 가문으로 갔을 겁니다."

"어떻게 알고?"

"그것이 조금은 의문입니다."

"의문이다?"

"그렇습니다."

"세상에 자네가 모르는 것도 있는 모양이로군."

"세상일이란 그런 것이니까요."

"허어, 천 개의 눈과 천 개의 귀를 가지고 있다는 자네의 입에서 그런 말이 나올지는 상상도 하지 못했군."

"그렇습니까?"

말은 부드러웠으나 내면에는 숨길 수 없는 가시가 돋아나 있었다. 무심코 삼키고 꺼냈다가는 목과 입안을 온통 헤집어 피와 살점을 너덜하게 만들 정도의 가시였다. 그에 후드를 깊게 눌러쓴 사내의 입에는 쓴웃음이 걸릴 수밖에 없었다.

"그래서 우리는 지금 함정에 빠진 건가?"

"그렇지 않을까 싶습니다."

"허참, 이런 경우도 다 있군. 그렇다면 우리를 이렇게 함정에 빠뜨린 자들의 존재는?"

"그들은……."

그러면서 말을 마치지 않고 전면을 바라보는 로브의 사내. 그에 질문을 던졌던 사내 역시 전면을 응시했다. 환하게 불이 밝혀진 건물에서 일단의 인물들이 걸어 나오고 있었기 때문이었다.

한데 그들 모두 인간이 아니었다.

"엘프?"

누군가 입을 열었다.

"드워프에, 호족에, 묘족에, 노움족에, 울프족에, 오크족까지? 이건 뭐, 쓰레기 집합소인가?"

가장 중심에 선 자가 심드렁하게 입을 열었다.

"누가 쓰레기인지는 두고 봐야 하지 않을까?"

상당히 먼 거리임에도 불구하고 사내의 목소리를 듣고 대답을 하는 묘한 목소리가 있었다. 그에 사내는 눈썹을 꿈틀거리며 전면을 쏘아봤다. 이종족의 중심에 선 여인이 보였다.

"하이 엘프?"

"그래."

"엘프 중의 엘프라는 하이 엘프의 입이 걸군."

"이게 뭐 어때서? 존중을 받으려면 먼저 존중해 줘야 하지 않겠나? 존중할 생각조차 없는 놈에게 예를 따질 필요는 없지."

"크흐흐, 그런 것인가? 재미있군."

"정말 재미만 있을까?"

"우리를 함정에 빠뜨렸다고 해서 기고만장하군."

"기고만장할 자격이 있으니까."

"뭐라?"

"네가 그랬지 않나? 천 개의 귀와 천 개의 눈을 가지고 있는 자가 세운 계획이다. 그 계획을 보기 좋게 무효화시키고 너희들을 함정으로 끌어들였으니 자격이 있는 게지."

그에 사내는 어느새 자신의 옆에 서 있는 로브인을 보았다.

"자네의 눈과 귀가 아주 똥통에 처박힐 말이로군."

"기분이 나쁘긴 하지만 언제든지 돌려줄 수 있으니 참을 만합니다."

"그 말은 저들이 누구든 우리가 저들을 압도할 수 있다는 말이지?"

"그렇습니다."

"그렇다는데 어떤가?"

그러면서 이종족의 대표를 바라보는 사내. 그 사내는 하이엘프의 아름다운 얼굴과 굴곡이 그대로 드러나 보이는 전신을 뱀처럼 훑었다.

"뭐가?"

"항복하는 것이."

"말 같은 소리를 해라."

"입이 참 걸군. 마음에 들어."

"변태냐?"

"호오, 그래. 그렇게 반항하는 맛도 있어야지."

"나잇살 그만큼 처먹으면 부끄러움도 없는 모양이로구만. 어째 입이나 생각하는 게 다 그쪽으로만 발달한 거냐?"

"뚫린 입이라고 함부로 말하는구나?"

"네 입이나 내 입이나."

"훗! 팔딱거려서 어여삐 봐주려 했거늘."

"지랄도 풍년이로구나."

"네년⋯⋯."

"하여간 말 막히면 하는 말하고는. 그래서 덤빌 거냐? 아니면 엎드려 빌 거냐?"

"죽고 싶은 모양이로군."

"무게 그만 잡아라. 추하다."

"이년이⋯⋯."

발끈하는 사내.

그러자 로브의 사내가 그를 만류했다.

CHAPTER 2
마테리아 가문에서의 전투

"진정하시지요."

"진정?"

로브 사내의 말에 발끈하려던 사내가 그를 보며 나직하게 으르렁거렸다. 그러다 문득 가볍게 심호흡을 하더니 심신을 안정시켰다.

"하마터면 당할 뻔했군."

"깨달으셔서 다행입니다."

"날 너무 물렁하게 보지 말라고."

"물론입니다."

한가하게 잡담을 하는 것 같은 둘. 그 둘을 바라보는 엘프는 기분이 과히 좋지 않았다.

"역시 한 가문을 이끄는 가주라는 것인가?"

"훌륭한 수하를 둔 덕이지."

"그 훌륭한 수하를 다루는 주인이 별로인 것 같군."

"내가 좀 모자라긴 해."

순순히 인정해 버렸다. 아니, 엘프의 격장지계에 넘어가지 않는 모습을 보이고 있었다. 한 번 당하지 두 번은 당하지 않는다는 것일까?

"그나저나 네년은 날 알고 있는데 나는 네년을 모르고 있군."

"서로 적인데 소개할 필요가 있나? 그리고 적의 전력조차 파악하지 못한 존재라니 조금 실망스럽군."

"아, 뭐. 마테리아 가문을 비롯해서 에퀘스의 성역을 제외하고는 굳이 알아둬야 할 필요성을 느끼지 못해서 말이야."

"그것참 다행이군."

"뭐가 말인가?"

"너희들은 우리를 모르고 우리는 너희들을 잘 알고 있으니. 거기다 여기는 우리의 앞마당과 같은 곳이니 이번 전투는 우리에게 절대적으로 유리해서 말이야."

"계집년, 뚫린 입이라고 함부로 말하지 말라! 감히 누가 스피리투스 가문을 폄하하고 평가한단 말이더냐."

"그 자만심도 상당히 좋군."

"자만심이라 했더냐?"

"그럼 아닌가? 내가 보기엔 나이만 처먹었지 현실을 제대로 파악하지 못한 것 같은데 말이지."

"후으, 흐흐흐흐."

너무 어이없음인가? 스리피투스 가문의 당대 가주는 실소를 터뜨리고 말았다. 엘프는 끊임없이 격장지계를 사용하고 있었다. 알고 있는데도 불구하고 그런 격장지계가 자꾸 신경에 거슬렸다.

"이거, 엘프에 대해서 새롭게 생각해야 하겠군."

"이미 늦은 것 같은데?"

"아니, 늦지 않았다. 스피리투스 가문은 그럴 만한 자격이 있으니까."

"그래, 제발 끝까지 그런 자만심 가득하길 바란다."

그때 스피리투스 가문의 당대 가주에게 로브인이 귓속말을 속삭였다. 그에 페르플라멘 스리피투스는 살짝 놀라며 약간 굳은 표정으로 그녀를 슬쩍 바라봤다.

"흐음, 이제 알겠군. 그 원인 모를 자신감과 걸진 입을 말이야. 네년이 바로 용병왕의 오른팔 격이라고 하는 하이 엘프 유리피네스인가?"

"호오, 확실히 쓸 만한 수하를 뒀군."

유리피네스의 이죽거림에 이전과는 달리 무표정하고 무감정하게 대하는 페르플라멘 스피리투스.

"언젠가는 만날 줄 알았는데 이렇게 일찍 만날 줄은 몰랐군."

"이런, 내가 그렇게 만나고 싶었나?"

"만나고 싶었지."

"왜? 설마 날 사모하기라도 한 건가? 하지만 이거 어쩌지? 이미 임자 있는 몸이라서 말이야."

"착각을 하고 있군."

페르플라멘 스피리투스의 진중한 목소리에 유리피네스의 눈이 초승달처럼 휘어졌다.

"이제야 제대로 할 마음이 생겼나 보군."

"그래. 네년 정도는 되어야 나와 격이 맞으니까."

"호오, 이거 영광이이라고 해야 하나? 용병인 나를 인정해 줘서 말이지?"

"인정해 줄 만하지. 이 망할 제국에서 유일하게 그분과 조금이라도 상대할 수 있는 존재가 바로 용병왕이니 말이야."

"나쁘지 않군. 용병왕님이 인정받고 있다는 면에서, 그리고 용병이 인정받고 있다는 면에서 말이지."

그녀의 말에 페르플라멘 스피리투스의 눈이 가늘어지며 고개가 모로 꺾어졌다.

"분명히 말해두지만 용병을 인정한 것이 아니라 용병왕을 인정한 것이다."

"용병왕이 곧 용병이다."

"흐음, 뭐, 아무럼 상관없지. 어차피 제거되어야 할 존재니까."

"그것이 가능할까?"

"설마 네년과 함께하고 있는 떨거지들을 믿는 것이냐?"

"떨거지? 떨거지라… 그 떨거지에 전멸당하면 어떤 표정을 지을지 궁금하군."

"역시 용병이라서 입이 걸레로군."

"그것은 네놈 역시 마찬가지 아닌가? 안하무인에 자만한 모습은 세상 물정 모르는 귀족가의 도련님과 전혀 다르지 않군."

"크흐흐, 네년이 죽음을 재촉하는구나."

"그것은 두고 봐야 알 일이지. 네놈이 죽을지 내가 죽을지."

"호으."

유리퍼네스의 말에 그의 얼굴이 일그러졌다. 말로써는 도저히 그녀를 당해낼 수 없었다.

"말로는 네년을 당해낼 수 없구나."

"그래. 그렇게 인정하면 편해."

"말은 인정하지. 하나 그 실력은 보아야 하겠구나. 실력 역시 네년의 말만큼이나 대단했으면 좋겠군."

"네놈의 그 형편없는 입담만큼 실력 역시 형편없었으면 좋겠군. 그래야 용병들의 희생이 조금이라도 덜어질 테니까 말이지."

"흐흐, 그것은 조금 미안하게 되겠군."

그러면서 손을 들어 올리는 페르플라멘 스피리투스. 동시에 유리피네스 역시 손을 들어 올렸다. 그런 유리피네스의 모습을 보며 그는 기묘한 표정을 지어 보였다. 그는 도대체 저 하이 엘프의 끝없는 자존심이 어디서 나오는지 알고 싶었다.

대외적인 전력상, 그리고 자신의 책사이자 7서클의 흑마법사인 에디 메이스조차 용병왕을 제외한 용병들의 전력을 그리 높게 평가하지 않았다. 물론 개중에 상당히 뛰어난 용병들이 있었다.

하지만 용병들의 가장 무서운 점은 바로 난전과 함께 줄어들 줄 모르는 그 막대한 인원 때문이지 그 가진 바 실력 때문이 아님을 알고 있었다. 근본적으로 페르플라멘 스피리투스가 용병들을 인정한 것도 바로 그 막대한 인원 동원력이지 실력 때문이 아니었다.

그런데 지금 보이는 용병왕의 우장 격인 엘프의 모습은 당당하기 그지없었다. 또한 플람베르 가문 전체를 포위하고 있는 용병들의 수 역시 자신들과 그리 다르지 않았다. 그럼에도 지금 보이고 있는 자신감은 도대체 뭐란 말인가? 이해할 수 없는 반응이었다. 자신의 앞에 있으면서도 저 당당한 모습이란.

그는 슬쩍 가문의 책사이자 마법 전력의 한 부분을 차지하고 있는 에디 메디스를 바라봤다. 하지만 깊숙하게 눌러쓴 후드로 인해 그의 표정을 읽을 수 없었다. 단지 후드 밑으로 보이는 담담한 미소만 읽어낼 수 있었다.

"허장성세입니다."

"단순한 허장성세로만 보이지 않는데?"

"아무나 파악할 수 있을 정도라면 허장성세라 할 수 없지 않겠습니까?"

"그런가? 그런데 이 불안감은 대체 뭐지?"

"적의 실제 전력을 모르기 때문일 수 있습니다."

"실제 전력이라… 용병 따위를 상대로 실제 전력을 파악해야 하는 것인가?"

"과거였다면 신경 쓸 필요 없었겠으나 용병왕이라는 구심점으로 인해 하나로 모인 용병입니다. 그동안 그들의 존재는 번외로 치부할 수 있었으나 지금은 아닙니다."

"물론 나도 인정해. 구심점이 있는 것과 없는 것의 차이를. 하지만… 정말 이런 상황은 짜증 나는군."

"눈앞에 저 자존망대한 용병들을 일벌백계할 필요가 있습니다."

"그래, 그래야겠어. 그래서 이 찜찜한 기분을 털어내야겠어."

그가 시선을 돌려 유리피네스를 봤을 때 그녀 역시 그를 바라보고 있었다. 하지만 서로를 바라보는 시선의 의미는 너무나도 달랐다.

"이제야 싸우고 싶은 마음이 생겼나 보군."

"정말 살다 살다 죽고 싶어서 안달 나 있는 것은 처음 보는군."

"누가 죽는지는 두고 봐야지."

"그래. 그럼 한번 싸워보자고."

그의 말이 끝나기 무섭게 마테리아 가문의 내외문을 점령했던 스피리투스 가문의 가병과 기사들이 일제히 기세를 뿜어내기 시작했다. 그 기세는 사뭇 대단하여 보는 이로 하여금 오금이 저릴 정도였다.

그러자 마테리아 가문에서 함정을 파고 기다렸던 용병들이 어둠 속에서 모습을 드러내기 시작했다. 그와 함께 괴롭고 적막했던 마테리아 가문은 질식할 것만 같은 긴장감에 빠져들기 시작했고, 대낮보다 밝게 밝혀지기 시작했다.

스피리투스 가문의 기사들과 병사들은 포위되어 있는데도

전혀 상관없다는 듯이 무감정한 시선으로 자신을 포위하고 있는 용병들을 휘둘러봤다. 용병들의 수는 많지 않았다. 딱 자신들의 수만큼이었다.

하지만 모두 섞여 있었다.

인간과 엘프, 드워프, 호랑이, 고양이 노움, 그리고 늑대까지.

유사 종족이 모두 섞여 있어 마치 인종 전시장과 같았다. 그에 몇몇 스리피투스 가문의 기사는 피식 웃음을 지을 수밖에 없었다. 통일되지 않은 복장이 마치 광대와 같았기 때문이었다.

그것은 명백한 비웃음이었다. 하나 용병들은 별다른 반응을 보이지 않았다. 이미 이런 경우는 많이 경험했다. 그리고 자신들을 비웃던 이들이 전투 이후 어떻게 변하는지 너무나도 잘 알고 있었다.

때문에 그들의 표정 하나, 말 한 마디에 일희일비할 필요 또한 없었다.

'과연 이 싸움이 끝난 후에도 그런 표정을 짓는지 보고 싶구나.'

'과거에도 그러했지만 지금의 용병은 과거와는 천양지차로 다르다는 것을 모르는군.'

'우리를 얕보면 좋지.'

'빨리 끝낼 수 있겠군.'

용병들은 이미 계산을 끝내고 있었다. 하지만 그런 그들의 생각은 결코 얼굴로 드러나지 않았다. 오히려 더 안색이 딱딱하게 굳어져 갔다. 결의를 다지기 위해서 말이다. 그들은 결코 방심하지 않았다.

그런 그들의 모습을 보고 스리피투스 가문의 기사와 병사들은 여전히 비릿한 미소를 떠올리고 있었다.

'겁먹었군.'

'용병들이 다 그렇지, 뭐.'

'어디 오랜만에 피에 젖어볼까?'

이제 곧 피의 광란에 빠질 생각에 그들의 피가 뜨거워지기 시작했다. 그들이 각자 다른 생각을 하고 자신만만하게 결의를 다지는 그 순간 명령이 떨어졌다.

"쳐라!"

"와아아아~"

스리피투스 가문의 가병들과 기사들은 자신을 포위한 용병들을 향해 미친 듯이 달려 나갔다. 마치 자신들이 용병들을 포위한 듯 말이다. 그에 용병들도 마주 달려 나가기 시작했다.

"훼! 어디 한번 다져보자."

"우와아악!"

용병들 역시 거센 함성을 지르면서 스피리투스 가문의 가병들과 기사들을 향해 달려 나갔다. 그들의 선두에는 제라르, 얀센, 카툼 그리고 각 종족들의 대표가 있었다.

스가가각!

투콰하악!

쿠우우웅!

"커허억!"

"꺼억!"

동시에 스리피투스 가문의 가병들의 입에서 답답한 비명 소리가 흘러 나왔고, 한 명이 아니라 수십 명이 우수수 떨어져 나가 버렸다. 그들은 이미 소드 마스터의 경지를 넘어섰고, 그레이트 소드 마스터이자 그랜드 소드 마스터였다.

그런 그들을 누가 감히 막을 수 있으랴.

자신만만하게 비웃으며 용병들을 향해 돌진해 나가던 가병들은 순간 걸음을 멈출 수밖에 없었다.

"오러… 블레이드!"

"저, 저건……."

"오러 서클릿이다!"

"저건 또……."

"맙소사, 오러 블로섬까지."

가병들이 돌진해 나가는 것을 지켜보고 있던 기사들은 여유로움을 지우고 입을 떡 벌리면서 경악할 수밖에 없었다.

오러 블레이드는 소드 마스터의, 오러 서클릿은 그레이트 소드 마스터의 전유물이었고, 오러 서클릿이 하늘에서 꽃처럼 떨어져 내리는 것은 그랜드 소드 마스터가 되어야만 가능한 능력이었다.

그런데 그 모든 것이 한눈에 보이고 있었다. 누가 꿈에도 상상했으랴. 하잘것없는 용병들 속에 소드 마스터와 그레이트 소드 마스터, 그랜드 소드 마스터가 존재하리라는 것을 말이다.

오로지 에퀘스의 성역에서만 존재한다고 생각했던 검의 마스터들이 용병들에게서 모습을 보이고 있었고, 양 떼 속에 뛰어든 오거 같았다. 상상조차 할 수 없는 일이 지금 그들의 눈앞에서 벌어지고 있었다.

"정신 차려!"

"돌격억! 돌격하라!"

"모두 죽여 버려라."

"우리는 대스피리투스 가문의 가병이고 기사들이다."

"고작 용병 몇 명에 기가 질릴쏘냐."

고급 기사들의 외침이 효과가 있었던지 가병들과 기사들은 다시 용병들을 향해 쇄도하기 시작했다. 그들은 고급 기사들의 말을 철석같이 믿었다. 자신들이 본 것이 전부라고 생각했다. 아무래 대단한 용병들이라 할지라도 소드 마스터가 발에

치이는 돌멩이가 아닌 이상 더 이상 없을 것이라 생각했다.

하지만 그들의 예상은 틀렸다.

그들 말고도 여기 있는 용병들 속에는 무수히 많은 소드 마스터와 그레이트 소드 마스터가 존재했다. 지금의 용병은 결코 과거의 허접한 용병들이 아니었다.

대낮보다 밝은 마테리아 가문의 연무장, 그곳에 수도 없는 오러 블레이드가 난무했고, 오러 서클릿이 날아다니고 있었다.

"저건……."

"…생각보다 강하군요."

"그냥 강한 것이 아니로군."

"그렇… 습니다."

"과연 용병왕이 그냥 나타난 것은 아니란 말인가?"

"자존심이 상하기는 하지만 헬 나이트와 헬 매지션을 투입해야 하지 않을까 합니다."

"벌써부터 말인가?"

"전장은 기세가 중요합니다. 그 기세를 유지하기 위해서는 적절한 시기가 중요합니다."

"흐음, 하지만 너무 이른 것 같지 않나?"

"편한 길을 두고 굳이 어려운 길을 갈 필요는 없다고 생각합니다."

"흐음, 그렇기는 하군. 좋아. 투입하도록 해. 단, 일단 간을 보는 것으로 하고 1백 정도 전장에 투입하고 1백 정도는 저년 에게 투입하도록 하지."

"탁월하신 선택입니다."

명을 받은 에디 메이스가 가주와 자신의 뒤에 그림자처럼 서 있는 두 명이 기사와 로브인에게 시선을 두었다. 그에 체구 가 큰 기사들조차 올려다봐야 할 정도로 거대한 신장을 자랑 하는 칠흑의 기사가 말없이 고개를 끄덕였다.

그에 그보다 조금 작은 칠흑의 기사 두 명 각각 다른 방향 으로 움직였고, 정확히 1백의 기사들이 그들을 따라 움직였 다. 그들이 움직이기 시작하자 전장은 다시 헤아릴 수 없는 긴 장감에 빠져들었다.

전장으로 향하는 1백 기의 헬 나이트.

그들을 가로막는 이들이 있었으니 바로 카툼과 그를 따르 는 오크 일족이었다. 유리피네스를 제외하면 이곳에서 가장 강한 이가 바로 카툼이었다. 그리고 카툼은 그동안 절치부심 하면서 오크들을 하나로 규합했고, 자신의 친위대를 조직해 실력을 갈고닦았다.

그들이 드디어 모습을 드러낸 것이었다. 지독한 어둠과 이 루 형언할 수 없는 투기가 맞부딪혔다.

휘류류류룽!

그들 사이에는 알 수 없는 회오리가 휘몰아치기 시작했다.

그 모습에 인상을 잔뜩 찌푸리는 책사 에디 메이스와 페르 플라멘 스피리투스였다.

"오크족인가?"

"그렇습니다."

"훗! 용병이라고 하더니 이제는 몬스터로 분류되었던 오크들마저 받아들인 모양이로군."

"하지만 풍겨오는 기세가 만만치 않습니다. 특히 가장 선두에 선 회색 오크와 그의 곁에 있는 두 자루의 검은 둠 해머를 들고 있는 자는 경계해야 할 것이 분명합니다."

"그렇기는 하군. 하지만 그래봐야 결국 오크일 뿐이지."

"물론 그렇기는 합니다만……."

"일단 지켜보기로 하지."

"알겠습니다."

오크와 헬 나이트.

그들은 대치 중이었다.

헬 나이트는 데쓰 나이트보다 한 단계의 우위의 무력을 가진 자들이었다. 물론 지식수준이나 언어 수준까지 그들보다 우위 선 존재인지는 모를 일이지만 어쨌든 데쓰 나이트보다는 우월한 무력을 지녔다.

그런 존재들임에도 불구하고 자신들을 막아서는 오크족을

향해 섣불리 걸음을 옮기지 못했다.

"비. 켜. 라."

"싫. 다."

헬 나이트의 음성을 따라 하듯 딱딱 끊어서 답하는 카툼.

"죽. 인. 다."

"그럴 수 있다면."

그러면서 두툼한 입술을 움직이는 카툼.

"치. 워. 라."

가장 선두에 선 헬 나이트의 명령이 떨어졌다.

철벅, 철벅, 철벅.

그 뒤로 칠흑의 풀 플레이트 메일을 입은 헬 나이트들이 움직였다. 그에 카툼은 고개를 한 바퀴 돌린 다음에 손바닥 침을 탁탁 뱉어낸 후 어깨를 한 번 돌리며 나직하게 으르렁거렸다.

"오크족의 무서움을 보여라."

"그 말을 기다렸습니다."

기다렸다는 듯이 오크들이 달려 나가기 시작했다.

"크와아악!"

"죽여라!"

"오크족을 위하여."

"임페리움 용병단을 위하여."

그들이 달려 나가자 걸음을 옮기던 칠흑의 풀 플레이트 메일을 착용한 헬 나이트들 역시 달리기 시작했다. 깊숙하게 눌러쓴 헬름 때문인지는 몰라도 온통 검은색으로 물들어 있는 그들의 얼굴에서 시퍼런 귀화가 일렁거리기 시작했다.

카툼은 가장 선두에 서 있었다.

그의 앞으로 두세 기의 헬 나이트들이 쇄도해 들어오고 있었다. 카툼은 전신에 깃든 마나를 두 다리와 두 팔에 불어넣고, 마지막으로 자신의 무기에 불어넣었다. 그 특유의 붉은 오러 블레이드가 들고 있는 두 자루의 배틀엑스보다 더 크게 솟아났다.

"오냐. 기다렸다."

파앙!

공기가 찢어지는 듯한 소리가 들려왔고.

콰드드득!

그를 향해 쇄도하던 세 기의 헬 나이트는 제대로 된 저항조차 하지 못하고 제멋대로 일그러지며 박살 났다. 하지만 괜히 헬 나이트가 아닌 듯 어느새 부서지고 박살 난 부분이 재생되고 있었다.

"그래. 이래야 재밌지. 어디 얼마나 단단하고 얼마나 재생을 하는지 보자꾸나."

빠지지직!

그 순간 그의 배틀엑스에서 붉은 방전이 일어나기 시작했다.

붉은 뇌전이었다.

뇌전이란 불과 물이, 그리고 음과 양이 만나 만들어지는 것이다.

때문에 그 자체로도 지독히 성스러웠고, 세상의 모든 것을 박살 내고 정화하는 것이라 할 수 있었다. 즉, 어둠을 기반으로 하는 헬 나이트에게는 상극 중의 상극이라는 말과 다르지 않았다.

"끄으……."

"키르륵!"

뇌전이 닿는 그 순간 두 기의 헬 나이트는 기괴한 소음을 냈다. 인간의 목소리라고는 전혀 생각조차 할 수 없었다. 하나 카툼의 표정은 별로 변하지 않았다. 아니, 오히려 당연히 그렇게 나왔어야지 하는 표정이었다.

그에 몇십 기의 헬 나이트가 카툼에게 달라붙었다. 그들은 데쓰 나이트가 아닌 헬 나이트였다. 죽음만이 존재하는 지옥의 기사들이었기에 붉은색의 뇌전을 뿜어내는 카툼을 향해서도 두려움 없이 달려들고 있었다.

한편 전투는 그곳에만 일어나고 있는 것은 아니었다. 또 다른 1백 기의 헬 나이트.

그들은 유리피네스를 향해 달리고 있었다.

그리 멀지도 않았기에 그들은 순식간에 유리피네스가 있는 곳에 도착했고, 그녀를 중심으로 둥글게 포위했다. 그 모습을 보고 있던 페르플라멘 스피리투스는 고개를 갸웃하며 독백처럼 입을 열었다.

"설마 혼자인 건가?"

"저기 있는 전력이 모두인 모양입니다."

"그러한가?"

에디 메이스의 말에 페르플라멘 스피리투스는 알 수 없는 기묘한 미소를 떠올렸다. 그것은 득의만만한 승리의 미소였다.

"용병들이 강해졌다고는 하나 여기까지인 모양이로군."

"오래되었다고는 하나 급조된 조직입니다. 한계가 있게 마련입니다."

"그렇군. 그렇다면 어디 이종족의 대표라 할 수 있는 자의 실력을 한번 볼까?"

그는 팔짱 꼈다.

마치 이 전장과 자신은 전혀 상관이 없다는 듯한 그런 표정이었다. 아직까지 그는 여유가 있었다. 아무리 마스터들이 줄줄이 모습을 드러내고 있다고 하지만 한도 끝도 없이 모습을 드러내지는 않을 것이고, 아직까지 가문에는 드러내지 않은 한 수가 숨겨져 있었다.

그리고.

'용병쯤을 이겨내지 못하고 어찌 에퀘스의 성역을 이끌 가문이라 할 수 있겠는가?'

그는 스스로 그리 생각하였다.

"비. 켜. 라."

"말을 할 줄 아는군."

"죽. 인. 다."

헬 나이트의 가장 선두에 선 자는 또박또박 끊어서 말하고 있었다. 그것으로 보아 결코 긴 대화를 나눌 정도는 아닌 듯했다.

"죽일 수 있다면."

"죽. 여. 라."

철컥, 철컥, 철컥!

기이한 소음을 내며 헬 나이트들이 움직이기 시작했다. 그런 헬 나이트들을 보며 유리피네스는 얼굴을 굳혔다.

'데쓰 나이트보다 윗줄인가?'

데쓰 나이트.

언데드가 되기 전의 소드 마스터에 오른 자들이 죽어 살아생전에 이루지 못한 그들의 원념이 모이고 모여 암흑의 기사가 되는 경우이다. 그리고 암흑의 기사가 되면서 살아생전에 이뤘던 경지를 그대로 이어받는다.

덕분에 언데드이면서도 대화가 가능했으며, 오히려 살아생전보다 더 강력한 무력을 손에 쥐게 되는 경우가 다반사였다. 소드 마스터라 할지라도 한 명의 데쓰 나이트를 상대하기에는 힘들었다.

적어도 두 명의 소드 마스터가 상대해야 하는 데쓰 나이트. 그런 데쓰 나이트보다 한 단계 윗줄의 언데드는 대체 뭐란 말인가? 그것도 한두 기가 아닌 1백이나 되는 언데드들이었다.

'실로 오랫동안 준비했구나.'

저급한 언데드라면 쉽게 만들어질 수 있다. 하지만 고급으로 올라갈수록 언데드들을 만드는 데는 오랜 시간과 상상조차 할 수 없을 정도의 제물이 들어간다. 특히나 데쓰 나이트나 리치와 같은 최상급의 언데드의 경우는 이루 형언할 수 없을 정도의 오랜 시간과 제물이 소요된다 할 수 있었다.

유리피네스는 아론에게 이 힘의 근원에 대해서 들었다. 하나에서 파생된 힘, 그 힘이 시공간을 넘어 전해졌다. 자신 역시 하나의 힘을 1백 년 전에 얻었다.

그렇다면 데쓰 나이트보다 더 강력한 언데드를 만든 자는 도대체 얼마 동안의 시간 전에 힘을 가진 것인가? 그리고 얼마나 오랫동안 준비를 했을까? 만약 아론이 아니었다면 이 세상은 어떻게 되었을까를 생각하니 전신에 소름이 돋았다. 하나 그런 내심과는 달리 유리피네스의 표정은 담담하기 그지없었다.

'그나마 내가 하나의 벽을 허물 수 있어서 다행이로군.'

사실 유리피네스는 이렇게 강력한 존재가 왜 이리도 많이 모습을 드러내는가에 의구심을 가지고 있었다. 힘에는 반드시 그 반대급부가 파생되게 마련이었다. 필요하기 때문에 강력한 힘이 모습을 드러내는 것이다.

처음 자신이 이 막강한 힘을 얻었을 때 그저 즐거웠으나 시간이 흐를수록 의구심이 들 수밖에 없었다. 세상은 여전히 고요하기 이를 데 없었기 때문이었다. 그녀 자신이 살아온 5백 년의 세월 동안 말이다.

하지만 이제는 알 것 같았다.

그 시간이 결코 고요의 시간 혹은 평화의 시대가 아니었음을 말이다. 어둠은 아주 서서히 그리고 아주 느릿하게 세상을 물들이고 있었다. 귀족들이 그러했고, 에퀘스의 성역이 그러했으며, 바벨의 탑이 그러하였다.

언젠가 아론은 바벨의 탑에 대한 기원을 말해준 적이 있었다. 바벨의 탑이란 이 세계의 언어가 아니었다. 이 세계의 사람들은 그저 바벨이라는 말을 고대어 정도로 생각하고 있었으나 사실은 아니었다.

인간이되 신이 되고자 했던 자들이 저질렀던 말도 안 되는 욕망의 결과가 바로 바벨의 탑이라는 것을 들었을 때 그녀는 이 모든 일의 원흉이 바벨의 탑임을 직감할 수 있었다. 그리고 그 직감은 점점 더 뚜렷해지고 있었다.

이 세상에 퍼진 일곱 개의 힘은 점점 성장하고 강력해지고 있었다. 일곱 개가 여섯 개가 되었고, 다섯 개가 되었으며, 마침내는 세 개가 되어 서로를 이끌고 있었다. 어디에 있는지는 모르나 대충은 짐작할 수 있었다.

이루 형언할 수조차 없을 정도로 강력해진 일곱 개의 힘.

그리고 결국 그 힘은 폭발하기 시작했다.

다만 다른 점이라면 한 개의 거대한 힘은 퍼뜨리지 않고, 오로지 하나로 단단하게 뭉쳐지고 있는 반면 또 하나의 거대한 힘은 사방으로 그 힘을 퍼뜨리고 있었다. 무엇이 옳은지는 모를 일이나 어쨌든 아론은 그 강력한 힘을 너무나도 잘 숨기고 있었다.

집중하지 않는다면 그저 평범하게 보일 정도로 말이다.

그리고 그 평범함 속에서 유리피네스는 스스로 또 하나의 거대한 벽을 허물고 마법과 검을 하나로 묶을 수 있었다. 그렇지 않았더라면 이렇게 자신 있게 이들을 맞이하지는 않았을 것이다.

그녀가 손을 펼쳤다.

그에 빛이 생성되면서 그녀의 손아귀에 성스럽기까지 한 길고 강력해 보이는 창이 쥐어졌다.

"크으윽!"

그에 그녀를 향해 걸음을 옮기던 헬 나이트들은 나직한 침음성을 흘렸다. 자신들과는 완벽하게 반대되는 빛이 자신들의 걸음을 부지불식간에 멈추게 한 것이었다. 하지만 그들은 이미 명을 받은 상태였다.

죽는다 할지라도 반드시 명령을 이행해야만 했다.

슈화아악!

그들은 자신이 들고 있던 무기에 검은색 오러 블레이드를 시전했다. 그들이 시전하는 오러 블레이드는 일반적인 오러 블레이드가 절대 아니었다. 소드 마스터의 그것보다 선명했으며, 그 길이 또한 상당했다.

'그레이트 소드 마스터와 소드 마스터 사이로군.'

엄격한 잣대를 대자면 소드 마스터라고 할 수 있었다. 하지만 헬 나이트들이 가진 바 어둠의 마나를 측정한다면 그들은 이미 그레이트 소드 마스터라 할 수 있었다. 하지만 그레이트 소드 마스터라는 것이 오러 블레이드의 길이나 선명도, 혹은 마나의 양으로 측정되는 것이 아니기에 그들을 그레이트 소드 마스터라가 확정 지을 수는 없었다.

그리고 유리피네스는 이들이 그레이트 소드 마스터나 소드 마스터도 아닌 이유를 너무나도 잘 알고 있었다.

'인위적인 전력 상승인 게지.'

덕분에 이도저도 아니지만 때에 따라서는 그레이트 소드 마스터 중 몇 명을 상대할 수도 있었고, 소드 마스터를 상대할 수도 있었다. 한마디로 최상급 전력을 상대하거나 제거하기 위해 인위적으로 만든 언데드라는 말이었다.

그에 유리피네스의 입에 살포시 미소가 걸렸다.

"어디 그 실력 한번 볼까나?"

스릇.

그녀가 먼저 움직였다.

1백의 헬 나이트들에게 둘러싸여 있지만 그녀가 운신하는 데에는 전혀 문제가 되지 않았다. 사실 그녀가 그랜드 소드 마스터의 경지에 머물러 있었다면 이렇듯 자연스럽게 움직일 수는 없었을 것이다.

1백 기의 헬 나이트는 아무렇게나 그녀를 포위한 것이 아니라 그들이 보유하고 있는 어둠의 마나를 오로지 한 사람에게 투사할 수 있을 진세를 이루고 있었다. 하지만 유리피네스는 그런 1백 기의 헬 나이트가 일점으로 쏘아 보내는 어둠의 힘을 가볍게 무시했다.

'단 하나의 벽이지만 이렇듯 강하구나.'

자유로웠다.

그녀는 그것을 체감하고 있었다.

그녀의 손에 든 창이 유려하게 움직이며 헬 나이트를 쓸어갔고, 수없이 많은 창영이 헬 나이트를 강타했다.

퍼버버벅!

그녀의 창영에 직격당한 헬 나이트들의 그 단단한 풀 플레이트 메일이 깊숙하게 패며 새하얀 불꽃과 함께 타들어갔다. 그 불꽃은 순식간에 헬 나이트를 집어삼켰으며 그들이 재생할 틈조차 주지 않았다.

하나 그녀의 공격은 거기에 그치지 않았다.

어느새 그녀의 손에는 창이 아닌 활이 쥐어져 있었고, 그 활을 하늘을 향해 쏘아 올리고 있었다.

쏴아아아!

비가 내리기 시작했다.

신성함을 담고 있는 화살의 비가 떨어져 내렸다. 헬 나이트들은 방패를 들어 신성한 비를 막았다.

퓨퓨퓨!

하지만 화살이 꽂히며 방패를 관통하고 칠흑의 풀 플레이트 메일을 관통했다. 불꽃이 일었고, 재가 되어 사라져 갔다. 헬 나이트를 만들기 위해 붙잡혀 있던 수없이 많은 원혼이 울부짖었고, 보고 있는 기사들마저 식은땀을 흘릴 정도의 귀기가 서리기 시작했다.

"블리자드!"

그녀의 입에서 언령이 발현되었다.

콰후우우웅!

일정 공간에, 아니, 오로지 1백 기의 헬 나이트들이 있는 공간에 눈보라가 몰아쳤다. 그 눈보라는 그저 그런 눈보라가 아니었다. 닿는 무엇이든 얼려 버리는 절대의 눈보라였다. 그리고 그 눈보라 속에는 그녀의 검이 있었다.

사각! 사각! 사가각!

무언가 갈아 먹는 듯한 소리가 들려왔고, 얼어붙은 헬 나이트들을 가루로 만들어 버렸다. 그리고 또다시 그녀의 입이 열렸다.

"볼케이노 필드."

멀쩡한 연무장에서 검붉고 진득한 용암이 치솟아 올랐다.

치이이익!

얼어붙어 가루가 되어 날리고 있던 헬 나이트들이 순식간에 녹아 사라져 버렸다. 비명이나 원혼의 외침 따위는 있을 수 없었다.

그리고.

깔끔했다.

마치 처음부터 아무것도 없었다는 듯이 말이다.

"저……."

"어떻게……."

여유롭게 지켜보고 있던 페르플라멘 스피리투스와 에디 메이스는 동시에 입을 쩍 벌리며 경악할 수밖에 없었다. 아무리 인간이 아닌 하이 엘프라고는 하나 검과 마법을 마치 하나처럼 운용할 수는 없었다.

지금까지 그 누구도 그리하지는 못했다.

만약 드래곤이 살아 있다면 모를까 말이다.

'설마……'라고는 했지만 에디 메이스는 머리를 흔들어 그 생각을 털어냈다. 이미 드래곤은 사라진 지 오래였다. 드래곤의 아류라 일컬어지는 드레이크나 와이번이 있기는 하지만 그 조차도 깊고 깊은 산맥 속에 처박혀 인세에 모습을 드러내지 않고 있었고, 드래곤과는 비교조차 할 수 없는 저급한 몬스터일 뿐이었다.

물론 드래곤에 비교하자면 그렇다. 인간과 비교하면 강력하기 그지없는 몬스터였다. 지능이 거의 없어 오로지 본능에 의지하지만 그 본능만으로도 한 왕국을 초토화시킬 수 있었다.

하지만 최근 몇백 년 동안 그런 와이번과 드레이크를 보았다거나 사냥했다는 말이 없으니 그 또한 멸종했다고 봐도 무방했다. 그런데 아무리 엘프족이라고는 하지만 마법 생명체인 드래곤처럼 용언을 사용하다니.

"강하군."

그 순간 페르플라멘 스리피투스가 호승심이 일었는지 강하다는 말을 입에 담았다. 아무리 그가 그분의 하수인이 되었다고 하지만 그 근본이 기사이니 어쩌면 당연할지도 모를 일이었다.

'위험하군.'

빠르게 상황을 파악한 에디 메이스.

"남은 전력을 모두 그녀에게 투입해야 합니다."

"남은 전력을?"

"보셔서 아시겠지만 그녀는 지금 본 가문의 기사와 가병 전력을 상대하는 용병들보다 더 강력한 존재입니다."

"그 정도인가?"

"그렇습니다. 그리고 뱀을 잡을 때는 머리를 쳐야만 합니다."

"아깝군."

"어쩔 수 없습니다."

"그렇게… 하도록."

"현명하신 판단입니다."

하지만 페르플라멘 스피리투스의 얼굴은 결코 좋지 않았다. 마치 장난감을 빼앗긴 어린아이처럼 말이다. 그에 에디 메이스는 속으로 혀를 찰 수밖에 없었다.

'나이가 1백이 넘으면 뭘 하나. 지금 이 상황에서 자신의 놀잇감을 빼앗긴 어린아이 같은 표정이라니.'

그런 생각에 그는 페르플라멘 스피리투스의 생각이 바뀌기 전에 남은 헬 나이트 3백 기 중 1백 기의 호위를 남기고 2백 기를 투입했다. 그리고 전장에 투입하지 않은 헬 매지션 50기 중 호위 20기를 남기고 30기를 유리퍼네스가 있는 곳으로 투입시켰다.

이 정도면 마테리아 가문을 무너뜨리기 위해 이끌고 온 전력의 절반을 그녀에게 투입시키는 것과 다르지 않았다. 에디 메이스 역시 조금은 과하지 않았나 싶었지만 빨리 적장을 치는 것은 전장을 승리로 이끄는 지름길임을 알고 있기에 과감하게 결정할 수밖에 없었다.

그도 그럴 것이 지금 헬 나이트와 헬 매지션, 그리고 가병과 기사, 마법사까지 합류했음에도 불구하고 용병들을 압도적으로 밀어붙이지 못하고 있었다. 아니, 오히려 살짝 밀리는 감이 없지 않았다.

물론 아직 당대의 가주가 있고, 그를 호위하는 기사와 마법사가 있기는 하지만 이들까지 투입한다는 것은 실제적으로 스피리투스 가문이 패한 것이라 해도 과언이 아니었다. 원래는 압도적으로 밀어붙였어야 하거늘.

그래서 마음이 조급해졌다.

그때였다.

"조금 답답하지?"

"그렇군."

그 순간 에디 메이스는 자신도 모르게 화들짝 놀라 자신의 옆을 쳐다보았다. 어느새 누군가 자신의 옆에 서 있었다. 전혀 보지 못했던 자. 도대체 누구인가?

"네놈은······."

"누구냐고?"

"그··· 렇다."

"용병왕."

"뭐?"

"용병왕이라고."

"그게 무슨······."

에디 메스나 페르플라멘 스피리투스의 입에서 동시에 튀어나온 말이었다. 믿을 수 없었기 때문이었다. 용병왕이라면 지금 엘리오스 가문에 있어야만 했다. 그런 그가 도대체 어떻게 이곳에 있는다는 말인가?

"황궁에도 다녀왔어."

"황궁?"

"그렇다는 것은······."

"풍제는 이 세계에 존재치 않는다는 말이지."

둘 중 누구도 입을 열지 못했다.

풍제가 누구인가?

그는 살아생전에 그레이트 소드 마스터에 올랐고, 엘더 에퀘스에 오름에 그랜드 소드 마스터가 되었다. 그리고 그분의 은혜를 입어 인피니티 소드 마스터에 오른 불세출의 기사였다. 그러한 그가 죽었다?

도대체 이 거짓말 같은 말을 어떻게 믿어야 한단 말인가? 그 둘의 반응을 지켜본 아론은 어깨를 으쓱해 보이며 입을 열었다.

"뭐 믿기 싫으면 말고. 그건 그렇고… 준비 많이 했네."

압도적이지는 않지만 임페리움 용병단의 핵심이라 할 수 있는 전력과 대등하고 싸우고 있다는 점에서 아론은 그렇게 평했다. 그들은 아론이 심혈을 기울여서 만들어낸 전력이었다. 인세에 보기 드문 전력이라는 것이다.

그런데 그런 그들과 동등하게 맞선다는 것 자체가 실로 대단한 것이었다. 그에 아론은 나직하게 한숨을 내쉬었다.

'준비한다고 했는데도 아직 모자란 것인가?'

모자랐다.

이 정도면 압도적으로 밀어붙였어야 했다.

그런데 대등하다니.

그러니 인상을 찌푸릴 수밖에 없었다. 물론 아론의 그런 생각과는 대별되게 스피리투스 가문의 당대 가주 역시 상당히 답답해하고 분노하고 있었다. 겨우 용병단을 상대하는데 그동안 심혈을 기울여 키워온 가문의 기사와 병사 그리고 마법사들이 제대로 된 힘을 발휘하지 못했기 때문이었다.

거기에 그분께서 지원해 준 헬 나이트와 헬 매지션까지 있는데도 말이다. 달리 말하면 지금 그는 자신의 방심을 뼈저리게 탄식하고 있었다. 조금 더 신중했어야 했다.

"용병왕이 입담이 좋군."

"역시 안 믿는군."

"흥! 그따위 말을 믿을 성싶더냐?"

"믿기 싫음 말고."

간단하게 상황을 정리해 버리는 아론.

"네놈……."

"아! 일단 싸움 구경이나 하지. 세상에 제일 재미있는 게 싸움 구경하고 불구경인데 그중 하나가 시작되고 있으니."

아론의 말에 얼굴을 기묘하게 일그러뜨리면서 그를 바라보는 페르플라멘 스피리투스.

"나서지 않나?"

"내가 왜?"

"용병왕이니까?"

"그랬다가는 싸움이 끝나고 나서 맞아 죽을걸? 할 수 있는데 왜 참견했냐고 말이지. 그리고 결정적으로 이곳저곳 막 돌아다녔더니 조금 피곤해. 쉴 때는 쉬어줘야지."

참으로 기묘한 용병왕이었다.

용병들이 싸우고 있는데 싸움에 나서지 않는다니. 도대체 이것이 말이 되느냐 말이다. 하지만 한편으로는 이해되지 않는 것도 아니었다. 그때 페르플라멘 스피리투스의 시선과 에디 메이스의 시선이 부딪혔다.

'죽여야 합니다.'

'자신은 있고?'

'그것은……'

말을 흐리는 에디 메이스.

겹겹이 호위가 가득한 이곳이었다. 7서클의 대마도사인 자신이 있었고, 그랜드 소드 마스터인 가주도 있었다. 그리고 헬 나이트와 헬 매지션이 있었다. 그런데도 불구하고 단 한 명도 그의 현신을 알아차리지 못했다.

'자신 없다.'

그것이 결론이었다.

그걸 아는지 모르는지 아론은 신경조차 쓰지 않고, 이제 막 전투에 접어들고 있는 유리피네스의 모습을 바라보고 있었다. 그는 그녀가 걱정되지도 않는지 입가에 엷은 미소를 띠운 채 그녀의 모습을 지켜보고 있었다.

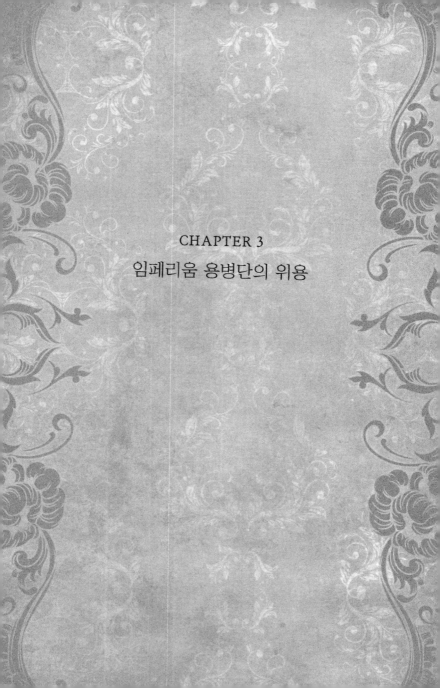

CHAPTER 3

임페리움 용병단의 위용

그녀는 눈앞의 헬 나이트에 집중했다.

아니, 이번에는 기사와 마법사였다.

기사 단독이라면 모를까, 마법사와 합세한 기사는 정말 무섭다. 뛰어난 체력과 파괴력이 합쳐진 것이나 다름없었다. 게다가 단순한 기사들과 마법사들이 아니었다. 둘 다 공격에 특화되어 있음이 분명했다.

그렇다고 해서 방어가 취약하냐면, 그것도 아니었다. 특히나 흑마법사들 대부분이 5서클 이상으로 보였다. 자신의 감각이 맞다면 말이다.

'쉽지 않겠군.'

그녀는 내심 침음성을 흘렸다.

하지만 자신이 밀린다고 생각하지는 않았다.

'왜냐하면 나는 인피니티 마스터니까.'

맞다.

그녀는 인피니티 소드 마스터였다.

아론을 만나기 이전에 그녀는 고작 그레이트 소드 마스터였을 뿐이었다. 그러나 그랜드 소드 마스터가 되고 마침내 인피니티 소드 마스터에 올랐다. 길지 않은 기간 동안 그녀는 두 개의 벽을 허물어 버렸다.

실로 전무후무한 일이라 할 수 있었다. 만약 아론이 아니었다면 그 누구도 이런 일을 행할 수 없었을 것이다. 그는 마치 마스터 제조기처럼 소드 마스터에서부터 인피니티 소드 마스터까지 만들어냈다.

그리고 그녀도 아론에 의해 두 단계의 벽을 허물게 되었다. 참으로 놀라운 일이었다. 소드 마스터나 그레이트 소드 마스터 혹은 그랜드 소드 마스터는 가르친다고 해서 벽을 허물 수 있는 존재가 아니었다.

만약 그랬다면 수없이 많은 기사가 그랜드 소드 마스터에 올랐을 것이다. 그리고 그 벽이라는 것은 깨달음으로 대변되기도 했다.

그 깨달음이라는 것은 어느 순간 불쑥 찾아와서 평생 동안 다음 벽을 허물지 못하는 경우도 있었고, 단숨에 벽을 허물고 더 높은 경지도 오르는 경우도 있었다. 하지만 그런 경우는 극히 일부분이었다. 손가락에 꼽을 정도로 말이다.

하지만 아론은 그것을 해냈다.

그로 인해서 용병들의 실력은 이전과 비교할 수 없을 정도로 강력해졌고, 그와 관계된 몇몇은 절대 밟아보지 못할 새로운 경지에 올랐다. 가끔 사람들이 왜 자신들에게 이런 기회를 주느냐고 물으면 아론은 나중에 알게 된다고 했다.

그 나중이 언제인지 모르지만 말이다.

어쨌든 그렇게 물었던 대다수의 사람은 그 나중이 지금이라는 것을 알게 되었다. 그들은 벽을 허물면서 자연스럽게 주어진 힘에는 반드시 그 의무가 뒤따른다는 것을 알게 되었다. 그리고 지금은 그 의무를 행할 시간이라는 것도 말이다.

유리피네스는 자신을 향해 쇄도해 오는 120여의 헬 나이트와 헬 매지션을 보며 슬며시 미소를 떠올렸다. 그 미소는 너무나도 포근해 피가 난무하는 전장이 아닌 것 같은 모습이었다.

하지만 그녀의 그런 겉모습만 보고 그녀를 판단할 수 없었다. 기사들이 자신에게로 다가올수록 흑마법사들의 진언이 점점 그 끝으로 치달을수록 그녀의 미소는 짙어졌고, 그녀의 발밑에서 알 수 없는 바람이 불기 시작했다.

휘류류룡.

그리고 마침내 그녀의 모습이 사라지기 시작했다.

"어. 딜. 가. 느……."

"설마 멍청하게 너희들을 상대로 정면 대결을 하라는 말은 아니겠지?"

"그……."

누군가 말을 흐렸다.

어둠에 물들어 검에 대한 혹은 강함에 대한 욕망이 지나쳐 인간으로서는 넘지 말아야 할 선을 넘었으나 그들은 기본적으로 기사이고 마법사였다. 그래서 그들은 서서히 모습을 감추는 유리피네스를 보고 무어라 말을 하려 했다.

하나 곧이어 그들은 자각할 수밖에 없었다.

상대는 혼자였다.

그것도 여자였다.

어둠의 힘으로 강해졌고 생전에 가졌던 이지의 상당 부분을 잃었지만 기사이고 마법사였음에 입을 닫을 수밖에 없었다.

"호호호……."

그녀는 가느다란 웃음소리를 남기고 완전히 사라졌다. 하지만 기사들이나 마법사들은 걱정하지 않았다.

"감. 히… 어. 둠. 속. 에. 숨. 다. 니……."

"어. 둠. 그. 자. 체. 이. 거. 늘……."

그들은 코웃음 쳤다.

자신들은 어둠 그 자체이다.

그런데 그런 자신들 앞에서 어둠 속으로 모습을 감추다니. 이게 말이 되는 짓인가. 하지만 그들은 아직 모르고 있었다. 빛이 있음에 어둠이 있고, 어둠이 있음에 빛이 있음을 깨닫지 못할 뿐.

어둠과 빛은 결코 떼려야 뗄 수 없는 관계였다. 때문에 그녀가 빛을 대변하는 엘프족이라고는 하지만 어둠에 대해서 전혀 다루지 못한 것은 아니었다. 아니, 어쩌면 정형화되어 있지 않은 그녀의 생각이 오히려 더 강할지도 몰랐다.

그리고 결정적으로 그녀는 일곱 개의 구슬 중 하나를 보유한 이였다. 다룰 수 없다고 해서 어둠을 모르는 것은 아니다. 그녀에게는 언제나 어둠이 존재하고 있기 때문에. 어둠보다 더 짙은 근원적인 어둠이 그녀에게 있었다.

그래서 그녀는 빛보다 찬란했다.

어둠 속으로 녹아든 유리피네스.

탁한 어둠이 그녀를 찾기 위해 꿈틀거리면서 사방을 휘젓고 다녔다. 그러나 그 어떤 탁한 어둠도 그녀를 찾아낼 수는 없었다. 왜냐하면 그녀는 근원적인 어둠이기 때문이었다.

"어. 디. 있. 느. 냐."

"찾. 을. 수. 없. 다."

"이. 럴. 수. 가."

헬 나이트들과 헬 매지션은 당황할 수밖에 없었다. 자신들이 어둠이다. 그런데 어둠 속에 숨은 자를 찾을 수 없었다. 이게 도대체 어떻게 된 일이란 말인가? 도무지 이해할 수 없었다.

그렇게 헬 나이트들과 헬 매지션들이 당황하고 있을 때.

스칵!

후워우우웅!

"흐아아아악!"

가장 후미에 있던 헬 나이트 한 기와 헬 매지션 한 기의 허리가 양단되더니 붉은 불꽃이 일어나며 타오르기 시작했다. 그들은 기이한 울림을 가진 비명을 질렀고 괴로워하며 죽음을 맞이하고 있었다.

순간 그들과 함께 있던 헬 나이트들과 헬 매지션은 경악을 금치 못했다. 사방으로 타락한 어둠을 퍼뜨려 어둠 속에 숨은 유리피네스를 찾기 위해 안간힘을 쓰고 있었다. 그때 그들의 귀에 유리피네스의 음성이 들려왔다.

"어리석은 피조물들. 나를 찾을 수 있을 것 같으냐?"

이것은 마치 신이 인간을 비웃는 듯한 음성과 같았다. 하지만 명확한 것은 그녀는 신이 아니었고, 헬 나이트들과 헬 매지 션 역시 인간이 아니라는 점이었다. 그들은 두려움에 떨기보 다는 자신들이 농락당했다는 것에 분노했다.

"크워어어억!"

"찾. 아. 라."

"찾. 아. 서. 죽. 여. 라."

그들의 검은 눈동자에서 푸르스름한 귀화가 피어올랐다. 그들의 등 뒤에서도 탁하기 그지없는 푸르스름한 불꽃이 일렁 이면서 그들의 전신을 갑옷처럼 감싸기 시작했다.

"찾. 았. 다."

그에 살아남은 헬 나이트와 헬 매지션이 한 방향으로 시선 을 돌렸다. 그들이 찾은 게 아니었다. 유리피네스 스스로 모 습을 드러낸 것이었다.

"타락한 자들, 용서치 않을 것이다."

그녀가 손을 들자 손바닥이 활짝 펴지며 그녀의 손에서 수 없이 많은 푸른 번개가 튀어나와 점점 넓게 퍼지면서 전진해 나가기 시작했다.

"피. 해. 라."

그 순간 헬 나이트들은 그 번개의 위험성을 깨닫고 외쳤다. 느리게 전진한다고는 하지만 그저 그렇게 보일 뿐, 그 속도는 가히 상상조차 할 수 없을 정도로 빨랐으니 헬 나이트들은 급급하게 그레이트 소드를 들어 번개를 막아냈다.

헬 나이트들이 번개를 막아낼 즈음 헬 매지션은 진언을 읊기 시작했고, 그 진언은 현실화되어 유리피네스가 시전해 낸 번개가 진행하는 방향을 가로막았다.

파지지지직!

검고 투명한 방어막과 유리피네스의 번개가 부딪혔다. 처음엔 방어막이 유리피네스의 번개를 막아내는 것 같았으나 이내 유리피네스의 번개의 힘을 견디지 못한 방어막에 균열이 발생하기 시작했다.

쩌억!

쩌저적!

그럴수록 매지션들의 진언의 소리는 점점 드높아지기 시작했으며, 그들의 등 뒤에서 그들을 보호하는 푸르스름한 귀화는 더욱더 강렬한 빛을 발하기 시작했다. 그런 헬 매지션들을 지켜보던 유리피네스는 오른손을 들어 올렸다.

그녀의 오른손에는 어느새 긴 창이 모습을 드러냈고, 유리피네스는 지체 없이 창을 집어 던졌다. 분명 그녀의 손에 들린 창은 한 자루였으나 그것을 던지자 또 다른 한 자루가 모습을 드러냈다.

한 자루가 날아가고 또 한 자루가 날아가고, 그렇게 수십 수백의 창이 날아갔다. 마치 화살처럼 말이다. 그녀가 창을 날릴 때마다 방어막을 구성하고 있던 헬 매지션들의 푸르스름한 귀화는 흔들거렸으며, 헬 나이트들 역시 고통에 일그러진 목소리를 내기 시작했다.

"크으으윽!"

"강. 하. 다."

"하. 지. 만."

"막. 아. 야. 한. 다."

헬 나이트들은 오로지 그 하나의 목표만 있을 뿐이었다. 상대가 아무리 강대한 적이라 할지라도 자신들은 반드시 막아내야만 했다. 그래서 그들은 헬 매지션들의 방어막을 벗어나 유리피네스를 향해 부나방처럼 날아들기 시작했다.

그에 헬 매지션들 역시 방어의 진언을 멈추고 곧바로 각자의 위치를 선정하여 공격을 위해 움직이기 시작했다. 기사와 마법사들의 동시 공격을 맞이하게 된 유리피네스. 하나 그녀는 차가운 미소를 보일 뿐이었다.

마치 이런 것쯤은 이미 예상하고 있었다는 듯이 말이다. 그녀는 수없이 많은 창을 거둬들이고 한 자루의 빛나는 창을 거머쥔 채 비스듬하게 섰다. 창의 끝을 땅에 대고 오연하게 서서 자신을 향해 날아오는 헬 나이트의 공격과 헬 매지션의 마법을 바라볼 뿐이었다.

"부질없는 짓."

그녀의 날씬한 두 다리가 땅을 박찼다.

순간 그녀의 모습은 순식간에 사라져 버렸다. 수십 자루의 그레이트 소드와 수십 개의 어둠의 마법이 그녀가 있던 자리에 떨어져 내렸다.

콰직!

콰카가각!

고막을 찢어버릴 것 같은 거대한 폭음이 들려왔고, 시야를 가리는 거대한 빛의 폭발이 있었다. 하지만 그 가운데 유리피네스의 모습은 없었다. 대신 그녀를 향해 공격을 퍼붓던 헬 매지션의 한가운데 유리피네스가 모습을 드러냈다.

"허억!"

"피. 해. 라."

헬 매지션들은 위기를 감지하고 본능적으로 외쳤다.

하나 그들의 외침과 행동보다 유리피네스의 창이 더욱 빨랐다.

스화아악!

창이 더욱더 길어지면서 30여 기에 이르는 헬 매지션들을 한꺼번에 훑어 내렸고, 몇 기를 제외하고는 허리와 목이 양단돼 붉은 불꽃을 피워내며 소멸을 맞이하고 있었다. 원래 헬 매지션들은 이렇게 쉽게 소멸되는 존재들이 아니었다.

흑마법으로 다시 태어난 그들은 보통의 마법사들보다 강했다. 아니, 보통의 기사들보다 더 강하다고 해도 과언이 아니었다. 그런 그들이 유리피네스의 단 일수에 소멸을 맞이한 것이었다.

그것은 유리피네스의 일격에 얼마만 한 힘이 담겨 있는지 단적으로 보여주었다. 살아남은 헬 매지션들의 푸르스름한 눈동자가 흔들리기 시작했다. 그들의 얼굴은 깊숙하게 뒤집어쓴 후드에 가려 보이지 않았다.

하지만 분명한 것이 하나 있었다.

흔들리는 푸르스름한 귀화와 함께 그들은 당황하고, 경악하고 있음을 여실히 느낄 수 있었다. 그러한 그들의 감정은 온전하게 그들의 격전을 지켜보고 있는 이들에게 전해져 왔다.

"저, 저런……."

"당장……."

"웃기는 소리 하지 말지?"

"감히! 컥!"

누군가 아론의 태도에 대해 제동을 걸려 했다. 하지만 그 누군가는 자신이 하고자 하는 말을 더 이상 할 수 없었다. 어느새 딸려와 그의 목이 아론의 손아귀에 쥐어져 있었기 때문이었다.

기사였다.

당대의 가주인 페르플라멘 스리피투스와 책사 에디 메이스를 지근거리에서 호위하던 스피리투스 가문의 정예 기사 말이다. 이 대륙 어디를 가도 그의 목소리에 허리와 머리를 숙일 이가 수두룩했으나 지금은 그저 자신의 목을 옭아매고 있는 굵은 손가락에서 헤어나지 못하고 살기 위해 발버둥치고 있는 기사일 뿐이었다.

"그 손 놔라!"

"싫은데?"

"뭐라?"

"내가 왜 네놈 말을 들어야 하지?"

"그……."

"아직 모르나 본데, 너와 난 적이야. 내가 적의 말을 들을 정도로 나약하고 순종적인 사람은 아니지."

"네놈!"

"감히!"

아론의 말에 기사들과 마법사들이 분노했다.

하지만 아론의 표정은 그야말로 태연하기 그지없었다.

수십 수백의 적에게 둘러싸여 있음에도 불구하고 마치 자신의 집무실에 있는 것처럼 태연하고 느긋했다. 그에 페르플라멘 스피리투스와 에디 메이스는 경계의 눈빛을 아론에게 보냈다.

보통의 사람이라면 이 상황에서 저렇게 자신들을 도발하지 못한다. 하지만 아론은 아니었다. 마치 어서 도발당해 자신을 공격해 보라는 듯이 행동하고 있었다.

'믿는 무언가가 있는 것인가?'

'정말 혼자인 것인가?'

도저히 혼자라고 생각할 수 없을 정도로 당당한 모습에 그들은 혼란스러운 표정을 지어 보였다. 어느 누구라도 그렇게 생각할 것이다. 저게 어떻게 혼자 와서 할 수 있는 행동이란 말인가? 게다가 저 앞에서 1백여 기가 넘는 헬 나이트와 헬 매지션을 상대로 말도 안 되는 압도적인 무위를 뿜어내고 있는 여인 역시 마찬가지였다.

방수가 있다고 생각했다.

하지만 지금까지 방수는커녕 그 어떤 존재도 보이지 않았다. 단 두 명일 뿐이었다. 단 두 명이서 5백여의 기사와 마법사 그리고 가문의 기사들과 마법사 그리고 가병들을 꼼짝 못하게 하고 있었다.

물론 헬 나이트 1백여 기를 상대하고 있는 오크족도 있었다. 그들의 시선은 다시 오크족이 상대하고 있는 헬 나이트가 있는 곳으로 향했다. 하지만 그들의 얼굴은 이내 상상조차 할 수 없을 정도로 일그러졌다.

그곳조차도 압도적으로 밀리고 있었다. 헬 나이트와 헬 매지션은 가문의 기사나 마법사들보다 월등히 뛰어났다. 솔직히 인정하기 싫지만 인정할 수밖에 없었다.

그런데 이게 대체 어떻게 된 일이란 말인가?

여인은 제외하고라도 발톱의 때로조차 보지 않던, 몬스터로만 생각하고 있던 오크들에게조차 밀리고 있었다. 그중 그레이트 배틀엑스를 마치 한 손으로 드는 배틀엑스처럼 다루고 있는 가장 선두에 선 자의 위압감이 실로 대단했다.

"크하하하."

오크의 거대한 웃음소리가 들려왔다. 그 웃음소리에 스리피투스 가문의 기사들과 마법사들이 그가 있는 곳을 바라봤을 때 그 거대한 오크는 마침 한 기의 헬 나이트의 머리 위로 그레이트 배틀엑스를 떨어뜨리고 있었다.

헬 나이트는 그레이트 소드에 어둠의 마나를 잔뜩 불어넣고 떨어져 내리는 그레이트 배틀엑스를 비껴 막아 흘리려 했다. 하나 헬 나이트의 그런 의도는 완벽하게 벗어나고 있었다.

콰앙!

콰지직!

그레이트 배틀엑스가 그레이트 소드와 부딪히면서 굉음이 터져 나왔고, 헬 나이트의 푸르스름한 눈동자는 거칠게 흔들렸다. 그런 헬 나이트를 보고 날카로운 이빨을 드러내며 웃던 오크는 이내 힘으로 헬 나이트를 눌러 버렸다.

콰악!

그레이트 소드가 완벽하게 반으로 갈라지고, 오크가 들고 있던 그레이트 배틀엑스는 완벽하게 헬 나이트의 머리에서부터 사타구니까지 일직선으로 갈라 버렸다. 그렇다 하더라도 헬 나이트는 죽지 않는다.

하지만 헬 나이트는 재생되지 못하고 있었다.

빠직, 빠지직!

무언가 헬 나이트의 재생을 방해하고 있었기 때문이었다. 두 쪽으로 갈라져 방향을 찾지 못하고 헤매는 헬 나이트의 신체. 그런 헬 나이트를 보며 나직하게 으르렁거리는 오크.

"그랜드 마스터에 오르면 자신의 오러에 의지를 담을 수 있지. 그리고 내 의지는 너희들의 소멸이다."

후웅!

그리고 또 다른 그레이트 배틀엑스를 휘둘렀다.

쩌억!

몸이 둘로 갈라지면서 불꽃이 일었다. 애초에 어둠에 물든 이들이기에 죽음이 아니라 소멸되고 있었고, 인간과 같이 피와 살이 갈라지지 않았다. 그저 불에 의해 정화되었을 뿐이었다.

하지만 거대한 그레이트 배틀엑스를 들고 있는 오크는 불이나 뇌전 혹은 소멸을 위한 어떤 행동도 하지 않았다.

"오크 로드의 명이니 모두 소멸되어라."

"오크 로드의 명을 따릅니다."

"오크족의 영광을 위해!"

그렇다.

거대한 그레이트 배틀엑스 두 자루를 들고 있는 자는 바로 모든 오크 종족을 규합한 진정한 오크 로드였다. 그리고 그는 다름 아닌 카툼이었다. 그는 아론이 준 기회를 절대 놓치지 않았다.

물론 지금 현재 그가 모든 오크를 규합한 것은 아니었다. 아직도 죽은 드렉타스의 망령이 오크들을 괴롭히고 있었고, 그러한 그들이 산발적으로 몬스터들과 함께 저항하고 있었다. 말이 그렇지 힘을 잃은 제국군은 제대로 된 저항조차 제대로 못 하고 있었다.

죽은 드렉타스의 정식적인 후계자는 없지만 새롭게 가장 강력한 세력을 자랑하는 이가 있었으니 바로 듀로타스였다. 스스로 드렉타스의 뒤를 잇는다 해서 혹은 자신은 드렉타스의 뒤를 잇고 있으나 그와 같은 수준의 오크가 아니라 해서 드렉타스가 아닌 듀로타스라 개명했다.

그리고 세력을 키워가기 시작했다.

제국군을 제물로 삼고, 제국민을 제물로 삼았다. 그는 스스로를 오크 로드라 칭했으며, 인간을 적대시했다. 그에 카툼 역시 스스로를 오크 로드라 칭하여 로드의 자리에 오르고 오크들을 규합하기 시작했다.

듀로타스는 제국의 공적이 되었으나 카툼은 제국과 우호적인 세력이 되었다. 용병왕이라는 압도적인 배경으로 인해서 말이다. 그런 그가 이 자리에 모습을 드러냈다. 그는 오크족이었으나, 용병왕의 세력 중에 중요한 자리를 차지하는 이였다.

또한 이종족 용병들 중에 오크족을 대표하는 자리에 위치하고 있었기에 이 자리에 참여했다. 아니, 적극적으로 매달렸다. 반드시 참여하고 싶다고. 그리고 어둠에 물든 스리피투스 가문의 비밀 병기와 대면하고 있었다.

"이. 노. 옴!"

그때 어떤 존재가 카툼의 앞을 가로막았다.

카아앙!

두 자루의 그레이트 배틀엑스와 한 자루의 그레이트 소드가 부딪히며 청광색의 불똥이 터졌다. 카툼은 자신의 그레이트 배틀엑스를 막아낸 자를 바라봤다. 그리고 고개를 살짝 끄덕였다.

눈여겨보고 있던 자였다.

헬 나이트들을 이끌고 있던 자.

모두 같은 헬 나이트라고 할지라도 그 속에는 서열이 있었다. 이끄는 자와 따르는 자로 말이다. 이끄는 자라 하면 헬 나이트 중에서도 뛰어난 자를 가리킬 것이다.

"이제야 나서는가?"

"죽. 인. 다."

"그놈의 죽인다는 소리는. 제발 말로만 죽이지 말아주라."

아론과 함께했던 시간이 길었던 카툼이었다. 어느새 아론의 이죽거리는 말투를 닮아버린 카툼이었다.

"놈!"

카툼의 이죽거림에도 불구하고 헬 나이트는 섣불리 움직이지 않았다. 헬 나이트들과 싸우고 있는 오크족들의 수가 꽤 되었다. 하지만 밀리지 않았다. 헬 나이트들은 전원이 그레이트 소드 마스터급에 이른 절대적인 수준의 기사들이었다.

물론 헬 나이트 한 명에 네다섯 명의 오크족들이 달라붙어 있지만 그렇다 하더라도 그 네다섯 명을 이겨내지 못한다는 것 자체가 있을 수 없는 일이었다. 자신들은 헬 나이트였기 때문이었다.

그런데 그런 헬 나이트들이 오크족을 상대로 고전을 면치 못하고 있었다. 그 말은 헬 나이트들을 상대하고 있는 오크족들 역시 상당한 실력을 가지고 있다는 뜻이었다. 무엇 하나 두려울 것 없고 거칠 것 없던 헬 나이트의 행보를 가로막고 있는 존재였다.

"왜, 두렵나?"

다시 한 번 카툼이 이죽거리기 시작했다. 두려움을 모르는 헬 나이트에게 두려움을 논하고 있었다. 그에 시퍼런 귀화가 일렁이면서 카툼을 바라보는 헬 나이트. 그는 그레이트 소드를 한 손으로 들어 올려 수평으로 해 카툼을 가리켰다.

카툼 역시 두 자루의 그레이트 배틀엑스를 움켜쥔 채 자신의 앞에 있는 헬 나이트를 쏘아봤다.

"재밌겠군."

카툼은 단순히 그렇게 입을 열었다. 참으로 기절할 말이기는 했다. 그레이트 소드 마스터인 자와 목숨을 놓고 전투를 하고 있는데 재미있다는 말이 나올 수 있다는 것이 말이다. 하지만 카툼의 말이 전혀 틀린 건 아니었다.

용병왕 휘하에 있는 수많은 용병단 중에서 으뜸은 단연 임페리움 용병단이었다. 그리고 그 임페리움 용병단의 중심을 이루는 이들의 면면을 보면 그야말로 경악할 정도였다.

그랜드 소드 마스터에서부터 소드 마스터까지. 하나의 왕국보다 더 강력한 무력을 투사하고 있었다. 그런 그들과 매일같이 실전보다 더 강력한 훈련에 임했던 카툼이었다. 거기에 용병왕과의 대련은 그야말로 실전이 더 편할 것 같다는 마음이 들 정도로 대단했다.

그런 훈련을 한 카툼인지라 겨우 그레이트 소드 마스터와 싸운다고 해서 위축될 리는 만무했다. 아니, 오히려 이 살벌함이 기껍기까지 했다. 실전과 같은 훈련이라고는 하지만 절대 실전은 아니었다.

용병왕을 제외하고 마음껏 자신의 실력을 다해 대련을 할 수 있는 상대는 그리 많지 않았다. 거기에 자신이 그랜드 소드 마스터에 오른 이후 그런 현상은 더욱더 도드라질 수밖에 없었다.

그러던 차에 자신의 무력을 마음껏 투사할 수 있는 헬 나이트들이 눈앞에 있으니 좋을 수밖에 없었다. 죽음보다는 싸울 수 있다는 이 상황이 더 기꺼운 카툼이었다. 그는 시원한 미소를 떠올리며 자신을 향해 쏘아져 오는 어둠을 쏘아봤다.

그리고 그 또한 양팔을 벌렸다.

"얼마나 버티는지 한번 해보자꾸나."

쿠와아앙!

그가 휘돌기 시작했다.

팔을 양쪽으로 벌린 채 끊임없이 돌기 시작했고, 마침내 그의 주변으로 거대한 회오리가 발생했다. 그 회오리는 주변의 모든 것을 빨아들이고 있었다. 심지어 어둠마저 빨아들이니 그를 향해 스멀거리며 다가와 그를 감싸려 했던 어둠마저 흔적조차 없이 사라져 버렸다.

그리고 그 상태로 카툼이 헬 나이트를 향해 쇄도하기 시작했다. 그에 그를 대적하고 있는 헬 나이트의 푸르스름한 불꽃이 더욱 선명해지면서 그의 전신에서 어둠이 폭사되며 일렁였다. 마치 수십 수백 수천의 촉수가 스스로 움직여 상대를 압박하는 듯했다.

"죽. 인. 다."

헬 나이트가 그레이트 소드를 마치 장난감처럼 휘둘렀다. 그의 그레이트 소드에서 검은 촉수와 같은 것이 수를 헤아릴 수 없을 빠져나오며 기이한 소리를 내기 시작했다.

"흐아아~"

분명 마나를 다루지 못하는, 아니, 마나를 다루더라도 그 수준이 얕은 자라면 그 혼령의 울음에 지배되어 정신을 놓을 수밖에 없을 울음이 울려 퍼졌다. 물론 일정 수준 이상의 기사들도 아주 잠깐 동안 지배되는 경우도 있었다.

그 잠깐이 얼마나 소용 있겠느냐고 하겠지만 소드 마스터 이상의 기사라면 그 촌각의 순간이라 할지라도 죽음과 직결될 수 있었다. 하나 카툼은 그랜드 소드 마스터였다. 수없이 단련되고 단련된 그였다.

그런 그가 이런 얕은 수에 넘어갈 리는 없었다. 그는 헬 나이트의 어둠의 촉수를 신경조차 쓰지 않았다. 어둠의 촉수는 자신에게 아무런 의미도 없었다. 귀찮은 정도도 되지 못할 수준이었다.

그는 그대로 휘몰아치며 진격해 들어갔다.

콰콰콰쾅!

폭풍이 몰아쳤다.

그러자 헬 나이트 역시 그의 전신에 폭풍과 같은 어둠을 이끌어내 카툼의 폭풍과 맞붙었고, 검은 폭풍과 카툼의 폭풍이 부딪혀 갔다.

콰콰쾅!

빠직! 뻐버벅!

폭음이 터졌고, 검은빛과 녹색의 빛이 터지면서 주변을 휩쓸었다.

"크흐으윽!"

카툼과 맞붙은 헬 나이트는 나직한 신음을 흘렸다.

강했다.

그저 강한 것이 아니라 이루 형언할 수조차 없을 정도로 강했다. 전생에 있어 이런 강함을 가지고 싶었다. 그래서 어둠의 힘을 빌려 타락한 기사가 되었다. 강해졌다. 생전과는 비교조차 할 수 없을 정도로 강해졌다.

이제는 자신보다 강한 존재를 손에 꼽을 정도라고 생각했다. 그런데 아니었다. 자신보다 더 강력한 존재들이 모습을 드러냈다. 그래서 분노가 치밀어 올랐다. 어떻게 이 자리까지 올라왔는데. 어떻게 이 경지까지 올라왔는데.

인간도 아닌 한낱 오크 놈이 자신보다 더 강력한 힘을 가지고 있으니 말이다.

"크아아악!"

분노에 귀화가 일렁거렸다.

푸르스름하던 귀화는 붉은색으로 물들어갔고, 곧이어 검은색으로 활활 타오르기 시작했다. 그의 전신은 검은 화염으로 일렁거리기 시작했고, 사방으로 퍼져 나갔다.

그리고.

"크아악!"

또 다른 고통스러운 비명 소리가 들려왔다.

카툼이 상대하고 있던 헬 나이트의 일렁이는 검은 화염이 주변에서 오크들과 싸우고 있던 헬 나이트들로 파고들어 그들의 모든 것을 빨아들이고 있었다.

자신의 모든 것.

어둠의 힘을 빼앗긴 헬 나이트들은 기괴한 소리를 내며 소멸되었으며, 마지막에는 구겨진 몇 개의 칠흑의 풀 플레이트 조각만이 남아 그 자리에 그들이 존재했었다는 흔적만 남길 뿐이었다.

그렇게 몇 기의 헬 나이트들이 소멸되었다.

어둠의 폭풍이 변하기 시작했다.

손인지 팔인지 모를 것들이 생성되고, 일그러진 얼굴과 몸체가 모습을 드러냈으며, 그 끝에는 검붉은색으로 일렁이는 눈동자가 존재했다.

"크흐흐흐흐."

나직하게 웃음을 짓는 헬 나이트.

강력해졌다.

이 힘을 위해 자신의 명예를 버리고 인간임을 포기하지 않았던가?

그래서 웃음이 터져 나왔다.

그런 헬 나이트를 무심하게 올려다보는 카툼.

"무능력한 놈이 몇 모인다고 해서 현명해지는 것은 아니지."

"크흐흐, 뚫린 입이라 잘도 주절거리는구나."

이전과는 달리 온전하게 말을 하는 변해 버린 헬 나이트.

그는 이미 진정한 지옥의 기사가 된 것 같았다.

"그럼 뚫린 입인데 꿰매고 있을까? 잔소리 말고 덤비기나 해봐. 어디 한번 실력 좀 보자."

카툼이 그를 잡고 있자 헬 나이트들과 대적하고 있던 오크들은 한결 수월해짐을 느낄 수 있었다. 자신의 욕심으로 인해 몇 기의 헬 나이트를 소멸시키자 인원이 남게 된 오크들은 다시 무리 지어 헬 나이트들을 향해 쇄도해 들어가고 있었다.

주변의 상황을 이미 파악한 카툼은 상대를 더욱더 격동시키며 달려 나갔다.

"타하앗!"

그리고 자신보다 더욱더 거대해진 헬 나이트를 향해 뛰어 올랐다. 그에 헬 나이트는 그레이트 소드라고 할 수 없을 정도로 거대해진 검을 휘둘렀다. 하나 허공에 뛰어오른 카툼은 아주 가볍게 몸을 뒤집어 헬 나이트의 검을 회피했다.

그리고 헬 나이트의 등 뒤로 떨어져 내린 후, 그레이트 배틀 엑스를 찍어 내렸다.

콰직!

"크와악!"

헬 나이트는 비명을 지르며 몸을 부르르 떨었다. 그는 자신의 시야에서 사라져 등 뒤를 공략하는 카툼에게 분노했다. 서서히 헬 나이트의 목이 돌아가기 시작해 완벽히 틀어지다가 이내 등에 딱 달라붙어 그레이트 배틀엑스를 찍어 내리는 카툼을 바라봤다.

그 순간 카툼 역시 헬 나이트를 바라봤다.

"허어~ 이거야 원. 괴물인 줄은 알았지만."

그의 말과 동시에 헬 나이트의 전신이 변하기 시작했다. 자신이 찍고 있던 등이 가슴이 되었고, 팔꿈치가 되었던 곳이 움푹 파였다. 앞과 뒤가 완전히 바뀌어 버린 것이었다. 그 기괴한 광경에 잠시 넋을 놓자 그 순간을 노려 헬 나이트의 거대한 손이 카툼을 움켜잡았다.

"크윽!"

강력한 압박감이 카툼을 옥죄자 카툼은 나직한 침음성을 흘렸다. 하지만 이내 정신을 차리곤 씁쓸한 웃음을 떠올렸다. 전투 중에 상대의 기괴한 변신에 넋을 놓다니. 실로 있을 수 없는 일이었다.

'자만했군.'

아직 자신이 올라야 할 경지는 많았다.

인피티니 소드 마스터가 있었고, 이먼스 소드 마스터가 있었다.

그러함에도 불구하고 자신은 벌써부터 자만해서 방심하고 말았다.

'오거는 하다못해 고블린 한 마리를 사냥해도 최선을 다하거늘.'

뒤늦게 후회했으나 그의 행동은 결코 늦지 않았다.

쿠우우욱!

그의 전신에서 압박감을 해소하기 위해 투기가 용솟음쳤다. 그러자 서서히 자신의 전신을 압박하고 있던 헬 나이트의 힘이 줄어들기 시작했다. 그에 헬 나이트의 얼굴이 일그러지는 것 같았다.

물론 온통 검은색이기에 그의 표정이 어떻게 변하는지는 알 수 없었다. 그런데도 그렇게 느낄 수 있을 만큼 뚜렷하게 검붉은 귀화가 흔들리며 일렁거리고 있었다. 그 진폭이 상당히 커 분명히 당황하고 있음을 느낄 수 있었다.

인간으로서는 감당할 수 없는 힘이었다.

그런 힘을 너무나도 간단하게 풀고 있었다.

그렇게 당황하는 순간 카툼은 그레이트 배틀엑스를 휘둘렀다.

스카가각!

카툼을 움켜쥐고 있던 헬 나이트의 손가락을 잘라냈다.

"크아악!"

다시 헬 나이트의 입에서 이루 형언할 수 없는 고통스러운 비명이 흘러나왔다. 자신을 움켜쥐고 있던 헬 나이트의 손아귀를 벗어난 카툼은 손가락을 박차고 날아올라 헬 나이트의 어깨에 안착했다.

그리고 즉시 그레이트 배틀엑스를 찍어 내렸다.

퍼걱!

"크아악!"

다시 비명이 터졌다.

카툼은 연속해서 찍어 내렸다.

콰직! 콰앙!

그럴 때마다 헬 나이트의 전신은 움찔거렸으며 비명이 터졌다. 어떻게 해서든 자신의 어깨에 내려앉은 카툼을 제거하려 했지만 카툼은 교묘하게 몸을 놀려 그의 손길을 피해냈다. 그러다 문득 날카로운 감각이 있어 반대편으로 이동했을 때.

쫘직!

헬 나이트는 들고 있던 그레이트 소드로 자신의 어깨를 잘라내 버렸다. 실로 상상조차 할 수 없는 일이었으나 곧이어 카툼은 그 이유를 깨달을 수 있었다.

"염병, 저런 것도 가능했군."

잘려 나간 어깨가 검은색 연기로 화해 흡수되면서 다시 재생되고 있었다. 앞과 뒤가 전혀 거리낌 없이 바뀌었고, 스스로 잘라내고 흡수해 재생했다. 분명 괴물은 괴물이라고 할 수 있었다.

그 와중에 카툼은 한 가지 가능성을 발견했다. 바로 자신에게 직격당한 곳은 재생에 되지 않는다는 것이었다. 그에 카툼은 살벌한 미소를 떠올렸다.

"내 공격이 충분히 먹힌다는 말이로군. 그럼 어디 제대로 해볼까?"

그러면서 그는 옮긴 어깨에서 사라졌다. 그리고 그가 나타난 곳은 헬 나이트의 등 뒤였고, 지체 없이 그레이트 배틀엑스를 찍어 내렸다.

쩌어엉!

"크롸!"

그와 동시에 헬 나이트의 앞과 뒤가 바뀌었다. 하나 그 순간 카툼의 신형은 어느새 등 뒤에서 사라져 허리춤에 모습을 드러냈고, 두 자루의 그레이트 배틀엑스에 투기를 가득 담아 찍어 내렸다.

콰드드득!

칠흑의 풀 플레이트 메일이 박살 나고, 검은색의 공간이 드러났다. 어둠으로 만들어진 헬 나이트들은 실체가 없었다. 그저 칠흑의 풀 플레이트 메일에 어둠을 간직해 실체를 유지하고 있을 뿐이었다.

그러하기에 깨지고 박살 난 칠흑의 풀 플레이트 메일 안에는 어떠한 실체도 존재하지 않았다. 다만 탁한 어둠이 스멀거리며 흘러나오기 시작했다. 그리고 카툼의 투기에 의해 깨지고 부서진 곳은 다시는 재생되지 못했다.

깨지고 부서진 곳이 한 곳 두 곳 늘어날 때마다 새어 나오는 탁한 어둠은 늘어났고, 그와 더불어 거대했던 헬 나이트의 신형은 점점 줄어들고 있었다. 그에 카툼은 무표정으로 잔뜩 신이 난 듯이 미친 듯이 돌아다니며 칠흑의 풀 플레이트 메일을 박살 냈고 깨부쉈다.

"크아악!"

헬 나이트가 하는 일이라고는 비명을 지르는 것밖에 없었다. 도무지 카툼의 속도를 잡아낼 수 없었다. 몸집이 커진다는 것은 힘이 강력해지는 것이 맞다. 하지만 중요한 것은 힘이 강력해진 만큼 민첩함이 줄어들었다는 것이다.

힘과 민첩함이 결코 비례하는 게 아님을 헬 나이트는 모르고 있었다. 아니, 모르는 것이 아니고 알고 있음에도 분노에 사로잡혀 그 사실을 잠깐 잊은 것이 분명했다. 그만큼 카툼의 움직임은 경이로웠다.

심지어는 그의 신형조차도 제대로 잡아낼 수 없었다. 그러면서도 그는 끊임없이 헬 나이트의 주변을 맴돌며 실체를 잡고 있던 칠흑의 풀 플레이트 메일을 박살 내고 구멍을 내고 있었다.

쾅앙!

거대한 폭음이 들려왔다.

"크윽!"

그에 마침내 헬 나이트는 무릎을 꿇었다. 헬 나이트의 무릎은 완전히 박살이 나 있었고, 그의 전신 여기저기에서는 탁한 어둠이 스멀거리면서 끊임없이 흘러나오고 있었다.

타닥!

그리고 무릎을 꿇은 헬 나이트와의 일정 거리에 내려서는 카툼.

"후우~"

그는 가볍게 한숨을 내쉬었다.

겉으로 드러나지는 않았지만 그의 한숨에는 오랜만에 몸을 풀었다는 개운함이 엿보이고 있었다.

"고맙군."

뜬금없는 그 말에 헬 나이트는 그를 쏘아봤다.

"그동안 쌓인 게 많았었는데 덕분에 몸 좀 풀었군."

"이이……!"

"그런데 솔직히 별로군. 기사가 어둠에 타락해 그 고귀함을 잃었을 때는 무언가 반대급부가 있어 지금보다는 조금 더 강할 줄 알았는데 이건 뭐 그저 덩치만 컸지 아무것도 아니고."

"죽이고야 말겠다."

"그전에 네놈 머리가 쪼개질 것이다."

휘리릭!

카툼은 망설임 없이 두 자루의 그레이트 배틀엑스를 집어던졌다.

퍼벅!

두 자루의 그레이트 배틀엑스 중 한 자루는 헬 나이트의 정수리에, 한 자루는 심장 어림에 틀어박혔다.

"큭!"

짧은 단말마의 비명이 터져 나왔다.

그레이트 배틀엑스는 단순히 정수리에 꽂히기만 한 것이 아니라 안으로 파고들고 있었다. 심장 역시 마찬가지였다. 그에 헬 나이트는 오른손으로 심장 쪽의 배틀엑스를, 왼손으로는 정수리에 박힌 그레이트 배틀엑스를 빼려 했다.

하지만 손잡이를 잡는 그 순간, 헬 나이트의 손에서는 검은 연기가 치솟아 오르며 녹아내리기 시작했다.

"그워어억!"

헬 나이트의 입에서 인간의 비명이 아닌 비명이 터져 나왔다.

푸스스슷!

녹아서 흘러내리고 있었다.

그런 헬 나이트를 무심하게 바라보며 손가락을 위에서 아래로 서서히 누르는 시늉을 하는 카툼. 그의 손짓에 따라 그의 그레이트 배틀엑스가 서서히 헬 나이트를 반으로 가르고 심장을 도려내고 있었다.

"끄아악!"

그리고 마침내 헬 나이트는 거대한 비명을 지르며 소멸되었고, 헬 나이트의 전신은 기이한 각도로 제멋대로 꺾이면서 허공에 붕 떠올랐다. 그리고 그의 깨지고 박살 난 칠흑의 풀 플레이트 메일 사이에서는 검은색 연기가 사방으로 흘러나와 대기 중으로 흩어져 버렸다.

투둑!

두 자루의 그레이트 배틀엑스가 힘없이 땅에 떨어졌다. 카툼은 말없이 손을 들었고, 두 자루의 그레이트 배틀엑스가 그에게 이끌리듯 향했다. 그레이트 배틀엑스를 잡은 카툼은 잠시 먼지로 화한 헬 나이트를 일별한 후 다시 전장 속으로 걸음을 옮겼다.

단지 그 혼자였지만 그 혼자의 힘이 전세의 판도를 완벽하게 뒤바꿔 버렸다.

"크아아악!"

길고 긴 헬 나이트들의 비명이 이어지기 시작했다. 팽팽했던 싸움은 오크족에게로 넘어가 버렸고 상황이 정리되는 데에는 그리 오래 걸리지 않았다.

"저, 저……."

"조금 늦었나? 아직 멀었군."

스피리투스 가문의 사람들은 경악해 입을 다물 수 없었다. 아론이 조금은 나직하게 투덜거렸다.

"끝나면 조금 더 거칠게 다룰 필요가 있겠어."

만약 카툼이 이 말을 들었다면 오금이 저렸을지도 몰랐다. 아니, 실제로 카툼은 헬 나이트들을 주살하는 가운데 등골이 서늘해짐을 느낄 수 있었다. 아직 그 느낌의 정체가 어디에서 오는지 모른 채 그는 헬 나이트를 소멸시키는 데 전력을 다했다.

CHAPTER 4
첫 번째 안배

이럴 수는 없었다.

절대 이럴 수는 없었다.

고작해야 용병단일 뿐이었다.

그런데 그 용병단에게 자랑스러운 스피리투스 가문의 기사
와 마법사들이 완벽하게 패배하고 있었다. 아니, 그보다 신과
같은 그분께서 보내주신 헬 나이트와 매지션이 제대로 된 역
할조차 하지 못하고 소멸되어 버렸다.

유리피네스라는 엘프족과 카툼이라는 오크족에 의해서 말
이다.

이것은 절대 있을 수 없는 일이었다.

그런데 그 일이 지금 눈앞에서 일어나고 있었다. 유리피네스와 카툼을 쫓던 스리피투스와 에디 메이스의 시선이 여전히 평온한 표정을 하고 있는 아론에게로 향했다.

"대체……."

"네놈은 누구냐."

"말하지 않았던가?"

"그걸 믿으라고?"

"안 믿으면 어쩔 건데?"

"용병왕이 아니었더냐?"

"맞는데?"

아론의 말에 그들은 눈살을 찌푸렸다. 용병왕이 분명했다. 그 순간 그들의 심장 깊숙한 곳에서 무언가 움직이는 것을 느낄 수 있었다. 그것은 그들의 순수한 감정이 아니었다. 자신이 아닌 누군가가 자신을 통해 지금의 상황을 보고 있는 것 같았다.

"그렇군."

순간 페르플라멘 스피리투스의 목소리가 변했다.

쇠를 긁는 듯한 혹은 아무런 감정조차 느껴지지 않는 것 같은 거북한 목소리가 흘러나왔다. 그에 책사인 에디 메이스는 흠칫 놀라는 표정을 지어 보였으나 이내 고개를 끄덕이며 수긍했다.

"다른 사람이군."

아론 역시 알겠다는 듯이 심드렁하게 입을 열었다.

"나를 알고 있더냐?"

"네놈도 날 알고 있지 않나?"

"하긴 그렇지. 어쨌든 드디어 만나게 되었군."

"그런데 불공평하지 않나? 나는 모습을 드러냈는데 네놈은 감추고 있으니?"

"설마 나를 모르는 것인가?"

그의 음성에는 알고 있으면서 왜 모른 척하느냐는 듯한 책망 비슷한 느낌을 담고 있었다. 그에 아론은 히죽 웃으며 입을 열었다.

"역시……."

"알고 있었구나."

"확신은 못 하고 짐작은 하고 있었지."

"그렇군."

얼굴이 기괴하게 변하며 떨떠름하게 입을 여는 페르플라멘 스피리투스. 그의 기괴하게 변한 얼굴엔 당했다는 표정이 역력했다.

"어쨌든 이렇게 만나니 어떤가?"

"과연 나를 긴장하게 할 수 있는 적수라는 생각이 드는군."

"그것뿐인가?"

"더 이상 뭐가 더 필요한가?"

"많이."

"많이?"

"그래, 많이."

그에 페르플라멘 스피투스의 얼굴이 일그러졌다. 그것은 어색한 웃음이라 할 수 있었다. 평생 웃음이라는 것을 지어본 적 없는 것처럼 말이다.

'아마도 공간 혹은 실체와 영혼의 분리에서 나오는 괴리 때문이겠지.'

아론은 그렇게 짐작하고 있었다. 그럴 수밖에 없는 것이 지금의 페르플라멘 스피리투스는 그저 꼭두각시에 불과하기 때문이었다.

"불의 마탑의 주인 안드레이 치카틸로 루케디스."

"호오~ 역시 알고 있었군."

"지금 이 순간 당신에 대해서 확신을 가지게 된 게지."

"그런가? 괜한 짓을 저질렀군."

"어차피 당신도 날 알고 싶어 하지 않았던가?"

"물론 그렇지."

"정당하기 위해서는 자신을 드러내는 것도 나쁘지 않은 방법이지. 하지만 결국 나는 당신의 정체만 알 뿐 당신의 얼굴도 실력도 모르는 것이 함정이겠지."

아론의 말에 어색한 웃음을 떠올리는 페르플라멘 스피리투스.

"나에 대해서 모른다고?"

그것을 어떻게 믿느냐는 듯한 물음이었다. 아니, 오히려 반문하는 것 같았다. 말 같지도 않은 소리 하지 말라는 듯이 말이다. 그에 아론은 어깨를 으쓱해 보이며 어쩔 수 없다는 듯이 입을 열었다.

"이런, 안 속는 것인가?"

아론의 말에 어색한 혹은 음침한 웃음을 흘리며 입을 여는 페르플라멘 스피리투스.

"너는 잊은 것이 있군. 네가 또 다른 나라는 것을 말이다."

"그래도 한번 시도는 해봤지. 아닐 수도 있으니까."

"크흐흐, 재미난 놈이로군."

"나보다 오래 살았다는 것은 알겠지만 놈이라고 불리기에는 조금 껄끄러운데?"

"그런가? 자존심이 강하군."

"당신 정도를 상대하려면 이 정도의 자존심이 있어야 하지 않나?"

"물론 당연 그래야 한다. 만약 그렇지 않았다면 너는 이미 죽었을 테니까."

"그래도 다행이로군. 그런데 갑자기 이렇게 모습을 드러낸 이유가 뭐지?"

"보고 싶었거든?"

"그런가? 난 별로 보고 싶지 않았는데?"

"서로의 의지와는 상관없다는 것을 알 텐데? 운명이란 놈은 우리를 반드시 만나게 만들 테니까."

"그도 그렇군. 그래서 이렇게 모습을 드러내셨나? 저 많은 이들을 미끼 삼아서?"

"너를 만나기 위해서는 이 정도의 손해는 감수해야겠지."

"내가 그 정도인가?"

"물론 그래야 내 최고의 숙적이니까."

"그렇군. 그래서 이런 제물을 보낸 것이겠지."

"그래. 물론 조금 예상을 벗어난 부분도 있었지만 말이지."

"비엔토 스피리투스 말인가?"

"그래. 아까운 제물이었지."

"나에게 소멸되기에는 아까운 제물이라는 말이겠지?"

"물론 그러하다."

"그렇군. 당신에게는 모든 것이 제물에 지나지 않는군."

"그 외에 무엇이 더 필요한가?"

"사람이 필요하지."

"사람? 사람이라… 과연 그것이 필요한가? 이 세계를 이렇게 엉망으로 만든 것이 바로 사람이 아닌가?"

"물론 그렇기는 하지. 하지만 이 세계가 이만큼 발전한 것도 역시 사람 때문이지 않은가?"

"물론 그렇기는 하나 순기능보다는 역기능이 더 많다. 그러하기에 이 세상은 정화되어야 한다."

"정화? 정화라… 도대체 정화가 무엇이지? 그리고 그 정화를 왜 당신이 행해야 하는 것이지? 세상 사람들을 모두 노예로 만들고 제물로 삼으면서까지 당신이 해야 하는 이유가 대체 뭐지?"

"나만이 냉정하게 그 일을 할 수 있기 때문이다."

"심각하군."

"뭐가 말인가?"

"자백이."

"뭐? 자백? 그게 무슨 말이지?"

"아, 뭐. 그런 말이 있어."

"그런가?"

안드레이 치카틸로 루케디스는 아론의 말에 대충 이해했다. 왜냐하면 그 또한 세 개의 힘을 가진 자였다. 그러하기에 수많은 차원 속에 수많은 언어와 생각과 지식이 있다는 것을 알고 있었다.

그렇기에 이해하고 지나가 버린 것이었다. 확실히 아론과 그는 일반인의 범주를 벗어나 있었다.

"하지만 그렇다고 해서 너만이 모든 것을 할 수 있다는 건 아니지."

"왜? 네가 아니어서 서운한가?"

"아니, 아니지. 네가 왜 신을 대신하는가에 대해서 의구심이 들었다."

"당연한 것이다."

"누가 그런가?"

"만인이 그리 생각한다."

"나는 그렇게 생각하지 않는데?"

"너는……."

"저기 오크족도 그리 생각하지 않고, 저기 기사들과 그리고 마법사들과 싸우고 있는 이종족 역시 그리 생각하지 않고, 저기 네가 만든 피조물과 싸우는 엘프 역시 그렇게 생각하지 않는다. 그런데 만인이 그리 생각한다니."

"그들은 인간이 아니다. 인간과 닮은 유사 종족일 뿐이다."

"그래. 그들은 인간이 아니지. 하지만 인간보다 월등한 신체 능력을 가지고 있고, 무력과 지식을 가지고 있으며, 그들만의 문화를 가지고 있지. 틀린가?"

"그것은……."

"도대체 당신은 뭘 믿고 만인이 당신에게 그런 권리를 줬다고 생각하는 거지?"

"말이 통하지 않는 놈이로구나."

"말이 통하지 않는 것은 바로 당신이다."

"무어라!"

페르플라멘 스피리투스에게 빙의한 안드레이 치카틸로 루케디스는 노호성을 터뜨렸다. 그것이 어색한, 그러니까 공간과 시간의 거리를 두고 나타난 유일한 표정이라 할 수 있었다.

"세상을 정화하는 것은 너의 역할이 아니다. 또한 세상을 발전시키고 변혁시키는 것도 너의 역할이 아니지. 너는 세상을 살아가는 일부분일 뿐이다."

"맞다, 인정하지. 그러나 세상의 일부분이 세상을 변화시키는 것이다."

"물론 그렇지. 하나 세상은 이끄는 자가 변화시키는 것이 아니다. 드러낸 자보다는 드러내지 않고, 스스로의 맡은 바 하고자 하는 일을 묵묵히 해나가는 자가 세상을 변화시키는 것이다. 지렁이가 대지를 바꾸는 것처럼 말이다."

"하나 지렁이는 지렁이일 뿐. 그 이상이 될 수 없고, 세상의 주인공이 될 수 없다."

"너는 욕심을 내고 있구나. 세상의 주인이 될 욕심 말이다."

"왜? 그러면 안 되나?"

"안 되라는 법은 없지. 단지 너무 많은 피를 요구할 뿐. 난 그것이 싫다."

"역사를 이루기 위해서는 반드시 피가 필요한 법이다. 한 사람을 죽이면 살인자요. 열 사람은 죽이면 연쇄 살인마이겠으나 백 명, 천 명, 만 명을 죽였을 때는 영웅일지니."

"그래서 스스로 영웅이라고 생각하는가?"

"음흐흐하하하, 영웅? 고작 내가 영웅에 머물고자 이 자리에 있는 줄 아는가?"

"물론 아니시겠지."

"아니다. 아니야. 나는 영웅이고자 하는 게 아니라 세상을 정화하고자 하는 것이다. 사악함으로부터 인간을 구하여 순수의 시대로 돌아가는 것이다. 그러기 위해서는 반드시 피와 죽음이 따를 뿐이다."

페르플라멘 스피리투스에게 빙의한 안드레이 치카틸로 루케디스의 말에 어깨를 으쓱해 보이는 아론.

"뭐, 서로 입장의 차이겠지."

"나에게 반하겠다는 말이더냐?"

"적수가 없으면 재미없잖아?"

"크큭! 역시 너 또한 사사로운 재미를 위해 나와 적대하는 것이로군."

"아니, 아니. 너무 나간 것 같은데. 나는 재미 때문에 이런 것이 아니야. 당신이 피를 너무 많이 흘리기 때문에 그것을 조금 덜 흘리게 하기 위해 나선 거야."

"냉정하군."

"냉정? 냉정이라… 그럴 수도 있겠지. 하지만 이것만 알아둬. 나는 스스로의 욕망을 위해서 피를 흘리지 않는다는 걸."

"그게 무슨 의미지? 너나 나나 그저 사사로운 욕심을 위해서 피를 흘리는 것 아니던가?"

"결국 인정하는군."

"무슨?"

"이 모든 것이 너의 사사로운 욕심이라는 것을 말이다."

아론의 말에 페르플라멘 스피리투스의 얼굴이 기괴하게 일그러졌다. 말도 안 되는 대화의 연속이었다. 그래서 자신이 무슨 말을 하는지도 모르고 있었다.

그런데 그런 자신의 산만함을 이용해 사심을 밝혀내고 있었다. 자신은 거기에 당했고 말이다. 그래서 스스로에게 화가 났다.

"그래. 내 욕심이다. 그래서? 그래서 그것이 뭐 어쨌다는 것이냐?"

"누가 뭐라고 그랬나? 그렇다는 것이지. 나이도 많은데 괜히 열 내지 마. 그러다 뒷목 잡고 쓰러질 수 있으니."

"나를 평범한 인간으로 생각하는 것이냐?"

"아니. 아니지. 당신이 평범한 인간이었다면 결코 지금과 같은 일을 하지 않았겠지. 당신은 피에 전 살인마일 뿐이야."

"그러는 너는?"

"나? 나는 선량한 평민이지. 당신의 그 사욕 때문에 죽어갈 사람들을 구해줄 선량한 평민 말이야."

"감히……."

"그건 그렇고 언제까지 그러고 있을 거지?"

"지겨운가?"

"당연하지. 얼굴도 모르는 사람과 대화한다는 것이 그렇게 쉬운 줄 아나? 당신은 나를 볼 수 있지만 나는 당신을 볼 수 없으니 짜증이 나는군."

"흐하하하, 그러한가? 그렇다면 인사는 이쯤으로 해야겠군."

"인사인 것인가?"

"그래. 적수에 대한 인사인 게지."

"인사가 상당히 거하군."

"그런가? 하지만 결코 거하지만은 않을 게야."

"겁주기는. 아무리 봐도 여기서 더 나올 것이라고는 눈곱만큼도 없을 것 같은데 말이지."

"이런, 이미 알고 있었나?"

"저들은 고급 전력이야. 설사 저들보다 더 강력한 언데드가 있다 하더라도 5백에 이르는 고급 전력을 다시 만들기에는 시간이 꽤 필요하지."

"역시 전승된 지식을 가지고 있었던가?"

"흑마법은 이미 많은 부분이 알려진 상태니까."

"한데 왜 나는 너에 대해서 알 수 없는 거지?"

"그것까지 내가 알려줄 필요는 없다고 보는데?"

"그래. 그런 것인가? 어쨌든 만나서 반가웠다."

"나는 별로 반갑지 않아."

"크흐흐흐, 그런가? 어쨌든 잘해보도록."

"조만간 한번 보지."

"우리가 그 정도로 친한 사이였던가?"

"아니. 피에 잠긴 구덩이에서 보자고."

"크흐흐, 재미있군."

무엇이 그리 즐거운지 얼굴을 잔뜩 일그러뜨리며 음침한 웃음을 지어 보이는 안드레이 치카틸로 루케디스. 그에 아론은 무덤덤하게 그를 직시할 뿐이었다.

그 순간 페르플라멘 스피리투스가 약간은 이상한 모습을 보였다.

안드레이 치카틸로 루케디스가 빠져나간 것이다.

"크으윽!"

나직한 신음성을 흘리는 페르플라멘 스피리투스.

"이제 정신을 차린 모양이로군."

아론의 말에 주변을 살짝 둘러본 후 어떻게 된 상황인지 인지한 페르플라멘 스피리투스. 하지만 그는 지금의 상황에 대해 나쁘게 생각하는 것이 아니라 오히려 기분이 좋다는 표정을 지어 보였다.

"그분께서 강림하셨던 모양이로군."

"그렇습니다."

"역시."

아주 마음에 든다는 듯한 표정을 지어 보이는 페르플라멘 스피리투스. 그의 표정을 보니 그에게 해가 되는 것이 아닌 도움이 된 것 같은 느낌이 들었다.

"달라지신 점이 있습니까?"

"그분께서 약간의 힘을 남겨주셨군."

"다행입니다."

페르플라멘 스피리투스와 에디 메이스는 마치 큰 영광을 입었다는 듯이 대화하고 있었다. 그런 그들을 어처구니없이 바라보던 아론이 한마디 했다.

"미끼라는 것을 아나?"

"대의를 위해서. 그리고 새로운 세상을 위해서 당연히 희생이 있어야 한다."

"그래서 기분이 좋은가?"

"그런 저급한 단어를 사용하다니."

"저급이든 고급이든 간에 기분이 좋다는 말이 맞지?"

"영광이라는 것이다."

"미친 광신도들이었군."

"감히 그분을 욕되게 하지 말라."

"그래서 더욱 광신도라는 것이다."

"무도한 놈이로다."

"무도한 놈이든 어떤 놈이든 간에 일단 너희들은 미끼라는 것이다. 나의 전력을 파악하기 위한, 혹은 안드레이 치카틸로 루케디스의 적이 될 자들의 힘을 파악할 미끼 말이다."

"자꾸 미끼, 미끼 하니 기분이 가히 좋지는 않군."

"미끼를 미끼라고 하지. 그럼 뭐라고 부르나."

"놈!"

자꾸 아론이 미끼라는 말을 강조하자 묘하게 기분이 나빴는지 노한 음성을 내는 페르플라멘 스피리투스와 에디 메이스였다. 그들에 대화를 하는 동안 어느새 스피리투스 가문의 기사와 마법사 그리고 그들을 호위하고 있던 헬 나이트와 헬 매지션이 아론을 둥글게 포위하고 있었다.

하지만 아론은 여전히 여유롭기 그지없었다. 그런 아론의 태도가 오히려 그들의 심기를 더욱 건드렸다.

"참으로 방자한 놈이로다."

페르플라멘 스피리투스가 입을 열었다.

"그래그래. 나 방자하고 천한 놈이야. 그러니까 시간 끌지 말고 덤벼봐."

"오냐. 어디 한번 죽어봐라."

"누가 죽을지는 해봐야 아는 법이지."

"크흐흐, 하룻강아지 범 무서운 줄 모른다더니."

"그래, 내가 범 할 테니까 너희들이 하룻강아지 해라."

"놈!"

아론의 말장난 같은 대답에 참고 참았던 페르플라멘 스피리투스의 분노가 터져 나왔다. 책사인 에디 메이스 역시 분노했는지 그런 그를 만류하지 않았다. 그 또한 아론의 장난과 같은 대응에 분노가 치밀어 올랐기 때문이었다.

용병왕이라고 해서 다를 줄 알았다.

그런데 아니었다.

용병들과 전혀 다를 게 없었고, 아니, 오히려 더욱더 천박해 보이지 않은가. 어떻게 저런 자가 용병왕이라는 자리에 올랐는지 알 수 없을 정도로 말이다. 책사인 에디 메이스가 그런 생각을 하는 이유는 분명 있었다.

아무리 평범한 사람이라도 왕이라는 직책이 주어진다면 그 직책에 맞게 행동하고 말하게 마련이었다. 그런데 저 용병왕이라는 자는 전혀 다르지 않았다. 오히려 더욱 천박해 상대의 입장을 전혀 고려하지 않는 듯한 모습을 보여주고 있었다.

책사 에디 메이스는 영웅이란 타고난 것이라고 생각했지만 때로는 자리가 영웅을 만든다고도 생각하고 있었다. 그래서 용병왕이라면 여타의 용병들과 조금은 다를 줄 알았다. 하지만 아론이 자신의 예상의 범주에서 벗어나자 분노했다.

자고로 머리를 쓰는 자는 자신의 예상에 벗어나는 자를 지극히 싫어한다. 가장 경계해야 할 자이고, 그 경계 속에서 새롭게 모든 것을 다시 시작해야 하기 때문이었다. 그래도 거기까지는 좋다.

정작 중요한 것은 자신의 예상을 벗어난 자의 패턴을 추측하기 어렵다는 것이었다. 그래서 선명하게 드러나지 않는다. 선명하지 않은 것은 정말 싫었다. 그래서 그는 분노했다.

그 반면에 페르플라멘 스피리투스는 달랐다. 그가 분노한 이유는 절대적인 존재인 그분을 너무나도 가볍게 생각하고 있고, 마치 이웃집 노인네를 대하는 듯한 아론의 천박한 태도에 분노한 것이었다.

세상에 존재하는 모든 적수는 그에 걸맞는 적절한 수준이라는 것이 있었다. 그런데 들어본바 자신의 그 절대적인 존재께서는 지금 눈앞에 있는 이자를 적수로 인정하고 있었다.

백번을 보아도 절대 그분과 맞지 않는 자였다. 그리고 그분의 적수로 인정받는 그 순간 영광으로 알아야 하거늘 이 천박한 자는 그것조차 마음에 들지 않는 듯 비아냥거리기 일쑤였다.

그래서 화가 났다.

그리고 그분께서 적수를 잘못 인정한 것으로 판단할 수밖에 없었다. 하지만 그분은 절대적인 존재. 그분의 명을 거역할 수는 없는 법이다. 그러하니 그분이 생각을 다시 하도록 이 자리에서 저 천박한 자를 반드시 제거해야만 했다.

'도대체 저자는 뭔가?'

이상한 생각이 들었다.

엘프와 오크가 강한 것은 알겠다. 물론 아론이라는 이름을 가진 용병왕도 강할 것이다. 하지만 자신도 강하다. 자신의 주변에 있는 이들 역시 강하다. 그리고 자신은 그분께 남겨준 힘까지 지니고 있었다.

'결국 죽여야 한다는 것이겠지.'

결론은 그것밖에 없었다.

어떤 것도 더 이상 그분을 욕되게 하도록 내버려 둘 수는 없었다.

"크아아악!"

쿠와아앙! 콰카가가강!

그때 정신이 번쩍 들게 하는 거대한 폭음과 비명이 들려왔다. 페르플라멘 스피리투스와 에디 메이스의 시선이 엇갈렸다. 그리고 그들은 동시에 얼굴을 딱딱하게 굳힐 수밖에 없었다. 2백여 기의 헬 나이트가 완전히 소멸되어 버린 것이다.

거기에 더불어 20여 기의 헬 매지션 역시 마찬가지였다. 그들을 소멸시킨 오크 대장과 엘프가 하늘에서 홀홀 떨어져 내려 아론의 좌우로 내려섰다.

"조금 늦었네."

전혀 도와주지도 않았으면서 투덜거리는 아론이었다.

"오랜만에 몸 좀 푸느라 조금 흥분했네요."

"당신이?"

"왜요? 난 흥분하면 안 되나요?"

"아니, 뭐. 그런 것은 아니지만 믿기지 않아서."

"뭐가요?"

"당신은 언제나 냉철하거든."

"설마 당신만 할까요?"

"내가 냉철하다고?"

"냉철을 지나 냉정하기 그지없죠."

"흐음… 내가 그랬나?"

"원래 자신의 모습은 제3자가 가장 잘 아는 법이죠."

"그… 런가? 어쨌든 카툼 너는 모든 일이 끝나면 수련 좀 해야 할 것 같다."

더 이상 따져봐야 밀릴 것 같으니 아론은 재빨리 카툼을 걸고넘어졌다. 그에 카툼은 대체 왜 나를 걸고넘어지느냐는 듯한 표정을 지어 보였다.

"늦어."

"이 정도면 빠른 것 아닌가?"

"아니, 늦어."

"너에게만 늦은 것이 아니고?"

"이거 참, 누가 본 사람도 없고."

아론과 대화를 하던 카툼은 심드렁하게 시선을 거둬 페르플라멘 스피리투스와 에디 메이스에게 뒀다.

"조금 더 강해진다면 나쁘지 않지."

"그래그래. 강해지는 것은 좋은 거지. 그러니까 빨리 끝내자고."

"내가 끝내도 되나?"

"끝낼 자신은 있고?"

"어렵지는 않을 것 같군."

"흐음."

고민하는 듯한 표정을 지어 보이는 아론.

"과연 기사도라고는 땅에 처박은 용병답군."

아론의 고심하는 표정에 그럴 줄 알았다는 듯이 입을 여는 페르플라멘 스피리투스. 그에 슬쩍 그를 바라보는 아론.

"용병은 용병다워야지. 기사도를 논할 이유가 없지."

"그렇다 하더라도 너는 한 무리의 왕이다. 왕으로서 자신이 해야 할 일을 타인에게 떠넘기는 짓은 동네 건달들조차 하지 않는 짓이지."

"그럼 다행이군. 난 동네 건달이 아니니 떠넘겨도 되겠어."

히죽 웃으며 아무렇지도 않다는 듯이 입을 여는 아론.

"정말 구제 불능이로구나."

페르플라멘 스피리투스는 어떻게 해서든지 아론이 자신과 싸우게 만들려 하고 있었다. 그것이 자신의 지상 과제이니까 말이다. 그런데 상대는 자신의 의도대로 따라주지 않았다. 그래서 살짝 초조했다.

"초조한가?"

"무어라?"

"너에게 내려진 명령을 수행하지 못할까 봐 말이다."

"네놈이 감히⋯⋯!"

"초조하군."

"⋯⋯."

아론의 단정적인 말에 페르플라멘 스피리투스는 말이 없었다. 그에 아론은 히죽 웃으며 입을 열었다.

"유리피네스 당신이 저 마법사를 맡아줬으면 좋겠군."

"그러죠."

"카툼 너는 기사들을 맡아주고."

"재미있을 것 같군."

부탁을 마친 아론이 한 걸음 앞으로 내디뎠다.

"이제 됐나?"

"최소한의 자격이다."

"하지만 정작 그렇게 말을 하는 너는 나와 격이 맞지 않는 군."

"무슨… 말이더냐."

페르플라멘 스피리투스 역시 아론이 한 말의 의미를 알고 있었다. 하지만 여기서 약세를 보일 수는 없는 법이니 강하게 나갈 필요가 있었다.

"그분은 절대적인 존재. 함부로 그분과 격을 맞출 수는 없 지."

"그렇다 하더라도 너와 나는 격이 맞지 않지. 나는 왕이거 든? 내 아래로 백만 명이 넘는 용병이 있거든? 아무리 스리피 투스 가문이 대단하다고 할지라도 백만이 넘는 용병들의 왕 과 격이 맞을 수는 없는 법이지."

"거리의 부랑아 같은 용병 따위……."

"그 용병 따위에 포세이두스 가문과 엘리오스 가문에 봉문 당했지."

"방심해서다."

"그래? 그렇게 자랑스럽게 생각하는 에퀘스의 성역의 두 가 문이 겨우 방심했다고 용병들에게 당해서 봉문했다? 변명치고 는 너무 옹졸하고 치졸하다고 생각하지 않나?"

"……."

아론의 말에 말없이 그를 쏘아보는 페르플라멘 스리피투스. 그러다 느릿하게 입을 열었다.

"반드시 죽여."

"여부가 있겠습니까?"

아닌 게 아니라 에디 메이스 역시 단단히 화가 나 있는 상태였다. 평소에는 자신이 책사의 위치에 있어 무력을 드러내지 않았지만 그 자신은 이미 7서클의 흑마법사였다. 제국을 통틀어 자신의 경지에 오른 마법사는 한 손에 꼽을 정도라 할 수 있었다.

이제는 책사라는 직책에 얽매일 필요 없이 원래 자신의 역할대로 돌아가면 되었다. 바로 7서클의 흑마법사로서 말이다. 그는 유리피네스를 노려보았다. 하지만 유리피네스는 오만한 표정으로 그를 내려다보았다.

평소 키가 작고 왜소한 자신에 대해 강한 자격지심을 가지고 있던 에디 메이스는 유리피네스의 오만한 시선에 가슴 저 밑에서부터 알 수 없는 무언가가 치밀어 오르는 것을 느꼈다.

그는 이미 앞서 유리피네스가 1백의 헬 나이트와 20기의 헬 매지션을 흔적도 없이 소멸시켰던 사실을 잊은 지 오래였다. 분노가 이성을 잃게 만든 것이었다. 이 역시 아론의 치밀한 계산에 의한 것이라는 걸 알게 된다면 그는 정말 눈을 까

뒤집을지도 모를 일이었다.

아론이 말장난과 같은 언행을 한 이유는 바로 이것에 있었다. 상대가 자신들이 끌려가는지도 모르게 끌어들이고 빠져들게 만들었다. 상대의 분노와 방심을 이끌어 내는 그만의 특기일 것이다.

뭐, 대충 말하자면 염장질의 대가라 할 수 있겠지만 이미 아론의 수단에 넘어간 이들은 그런 것을 생각할 여유조차 없었다. 이미 그들이 생각을 정리하기도 전에 아론의 그런 수작을 너무나도 잘 알고 있는 유리피네스와 카툼이 움직였기 때문이었다.

"너희들은 내 몫이다."

"7서클의 흑마법사라… 오랜만이네요."

그들은 각자 한마디씩 하며 전투를 위해 앞으로 나섰다. 그저 움직였을 뿐인데 분위기는 급격하게 냉랭해졌다. 그리고 아주 자연스럽게 세 개의 전장이 형성되었다.

"와봐."

아론은 손가락을 까딱거리며 페르플라멘 스피리투스를 도발했다.

까드득!

그에 그는 소리가 나도록 이를 갈아붙였다. 그러고는 자신의 애병인 3미터 길이의 장창을 꺼내 들고 비스듬하게 자세를 잡았다. 날 선 창날을 보는 것 같은 느낌이 들 정도로 날카로웠다.

"자세는 그럭저럭 봐줄 만하군."

"네놈에게 잘 보이려고 갈고닦은 실력이 아니다."

"아, 물론 그렇겠지. 그래도 욕하는 것보다야 낫지 않나? 그냥 욕을 할 걸 그랬나? 밥 처먹고 창술만 익혔을 놈이 도대체 그 쓸데없이 겉멋만 잔뜩 들어 있는 자세는 뭐냐고?"

"뭐라?"

눈썹을 꿈틀거리는 페르플라멘 스피리투스.

지금 아론의 발언은 지극히 모욕적이었다. 그는 그랜드 소드 마스터다. 소드 마스터가 일가를 이뤘다고 말할 정도의 실력을 가진 기사인 것이다. 그런 소드 마스터를 아득히 뛰어넘은 그랜드 소드 마스터를 두고 할 말은 절대 아니었다.

그럼에도 불구하고 아론의 말은 실로 교묘하여 절대 부동심을 이룬 페르플라멘 스피리투스의 이성을 헤집고 있었다. 이상하게 기분이 나쁜 말이었다. 고작해야 용병들의 왕인데도 불구하고 말이다.

도대체 왜 이러는 것일까?

페르플라멘 스피리투스는 눈을 좁히며 마음을 냉정하게 하기 위해 노력했다. 그리고 왜 자신이 이렇게 격노하는지 알 수 있었다. 바로 아직까지 자신은 상대를 인정하지 않고 있었던 것이다.

그래서 인정하지 않은 놈에게 잔소리를 들으니 기분이 나빴다. 상대는 자신의 심리를 너무나도 잘 파악하고 자신을 계속 낮추면서 냉정함을 깨뜨리고 있었다.

'무서운 놈.'

이제야 깨달았다.

하지만 깨달았다고 해서 당장에 자신의 생각을 바꿀 마음은 없었다. 그건 그거고 이건 이거니까. 상대가 아무리 뛰어나다 해도 절대 자신의 상대가 되지 않을 것이라고 생각했다.

쉬익!

뜬금없이 페르플라멘 스피리투스의 창이 아론의 심장을 향해 날아들었다.

따앙!

경쾌한 소리가 들려왔다.

짜르르.

그리고 창두와 창대를 타고 손으로 전해지는 짜르르함. 크게 놀란 페르플라멘 스피리투스는 빠르게 백 스텝을 밟으며 아론으로부터 멀어졌다. 창은 장병이다. 그래서 언제나 간격을 두어야만 했다.

자신의 창이 막힌 것은 그 간격을 조절하는 데 실패했기 때문이라고 여겼고, 그 순간의 판단을 믿고 물러난 것이었다. 그러나 페르플라멘 스피리투스는 도대체 무엇으로 자신의 창두를 건드렸는지 보지 못했다.

'뭐였지?'

보지 못해서 궁금했다.

하지만 이내 머리를 저어 생각을 털어냈다. 지금은 집중해야 할 때였기 때문이었다. 그리고 그는 아론을 경시하던 마음이 조금이나마 사라지는 걸 느꼈다. 자신의 일수도 막아내지 못할 것 같았는데 너무나도 쉽게 자신의 공격을 막아냈다.

"자격은 있다고 해주마."

"오오~ 그런가? 이거 영광이라고 해야 하나?"

"한 번은 요행일 수 있겠으나 두 번은 없다."

"정말? 정말 그럴까?"

"죽인다."

"제발 좀 죽여놓고 그 말을 해라."

아론은 여전히 이죽거렸다.

그의 모습을 보면 전혀 긴장감이 없어 보였다. 그래서 기분이 더 나빴다.

그는 창을 들었다.

빳빳했던 창이 어느새 낭창낭창하니 마치 버들잎처럼 흐느적거렸다. 언제 어디로 창두가 향할지 몰랐다.

쉬시시쉭!

뱀의 혀처럼 소리를 내며 움직이는 페르플라멘 스피리투스의 창. 한 개가 두 개가 되고, 두 개가 네 개가 되었으며, 네 개가 여덟 개가 되었다. 그런데도 창영의 수는 줄어들지 않고, 배수로 계속 늘어나고 있었다.

어느 것이 진짜인지 어느 것이 가짜인지 알 수 없었다. 하지만 그랜드 소드 마스터쯤에 도달한 자의 창영이니 이 모든 것이 진짜라고 생각해도 무방할 것이다. 그보다 수준이 낮은 기사라면 이미 수없이 많은 창영 아래 꼬치가 되어 죽음을 맞이했으리라.

하지만 아론은 가볍게 손을 휘젓는 것만으로 그 많은 창영을 하나하나 쳐내고 있었다.

팅! 티잉! 티디딩!

허체도 없고 실체도 없었다.

허체인가 싶으면 실체가 되었고, 실체인가 싶으면 허체가 되어 사라져 버렸다. 공격하는 자와 방어하는 자. 따지고 보면 공격하는 자가 훨씬 더 부담스러울 수 있었다. 하지만 지금 이 상황만을 놓고 보자면 방어하는 자가 오히려 심각한 심력을 쏟아붓고 있다고 봐도 무방했다.

페르플라멘 스피리투스의 창술은 충분히 그러하고도 남았다. 하지만 아쉬운 것은 그 상대가 바로 아론이라는 점이었다. 그는 수없이 많은 페르플라멘 스피리투스의 창영 중에 허체와 실체를 구별하여 쳐내고 있었다.

군이 심력을 쓸 필요조차 없었다.

보기만 해도, 느끼기만 해도 되는 것을 말이다.

"고작 이 정도인가? 그랜드 소드 마스터에 이른 스피리투스의 창도 별거 아니로군."

"이것이 끝이라고 생각하는 것이냐?"

"그럼 아닌가?"

"보여주지."

"제발 좀 제대로 보여줘 봐. 잔뜩 기대하고 있으니까."

"후회하게 될 것이다."

"그래, 후회 좀 해보자."

아론은 끝까지 이죽거렸다.

페르플라멘 스피리투스는 창을 거둬들였다. 아니, 다시 창을 휘두르기 시작했다. 그의 창이 보이지 않았다. 그의 손에서 아예 창이 사라진 것이다. 일반적인 기사들이라면 당황했을 것이다.

전투에 있어서 가장 중요한 것이 바로 무기다.

그런 무기가 시야에서 사라졌다.

그렇다면 대체 어떻게 해야 할까?

당황할 것이다. 그리고 두려워할 것이다.

사라진 무기는 언제 어디서든지 자신을 노릴 수 있으니 말이다.

하지만 아론은 그런 일반적인 기사가 아니었다. 산전수전, 심지어는 공중전까지 모두 마친 백전노장이라고 할 수 있었다. 그런 그가 당황할 일이란 솔직히 그리 많지 않았다. 그런 아론의 모습에 오히려 페르플라멘 스피리투스가 당황했다.

겉으로 드러내지 않았지만 이 보이지 않는 고스트 스피어를 다룰 때 어김없이 보이는 반응이 없자 오히려 그가 당황한 것이다. 그렇다고 해서 고스트 스피어를 멈추지는 않았다. 그에게는 반드시 해야 할 일이 있었다.

바로 용병왕의 진실한 실력을 끌어내는 것이었다. 그것은 자신의 임무였다. 반드시 달성해야만 했다. 멈추려 해도 멈출 수 없었다. 자신의 몸속에 심어진 그분의 힘이 끊임없이 자신의 살심을 부추기고 있었다.

휘우웅!

무겁고 음습한 바람이 불어왔다.

아론은 살짝 눈살을 찌푸리며 무심하게 페르플라멘 스피리투스를 바라봤다. 마침 그 역시 아론을 바라보고 있었다. 그의 눈동자가 서서히 검게 물들어가기 시작했다. 그리고 마침내 눈동자가 완벽하게 검게 물들었을 때 그의 눈동자에서 반짝임이 있었다.

반짝!

카앙!

그 반짝임에 아론은 자연스럽게 손을 움직였고, 그의 옆구리에서는 새파란 불꽃이 일어나면서 날카로운 소리가 울려 퍼졌다. 하지만 아론은 그곳에 시선조차 주지 않았다. 바라본다고 해서 보이는 창이 아니었으니까.

"흐음, 보이지 않은 창이라. 꽤 흥미롭군."

"흥미롭기만 할 것 같으냐?"

"어. 그런 것 같은데?"

"네놈⋯⋯!"

"이미 어느 정도 내 실력을 파악했을 텐데?"

"아직 멀었다."

"조금 더 많은 정보가 있어야 명확하게 판단이 된다는 말이로군."

"정보란 많으면 많을수록 좋은 법이니까."

쉬익!

텁!

말을 하는 동안에도 아론의 미간으로 창이 날아들었다. 그러나 그 창은 제 역할을 하지 못했다. 검푸른색으로 빛나는 창두는 어느새 아론의 검지와 중지 사이에 잡혀 있었기 때문이었다.

파르르르.

창두가 더 이상 전진을 하지 못하자 반항이라도 하듯이 파르르 떨렸다. 고작 손가락 두 개였다. 그럼에도 불구하고 막대한 어둠의 힘이 담긴 창은 전진하지 못하고 있었다.

"힘 좀 써봐. 겨우 이 정도야? 아직 난 내 무기도 꺼내지 않았다고. 이래서야 어디 주인의 명을 충실히 수행했다고 할 수 있겠어?"

"네노옴……!"

분노했다.

하지만 방법이 없었다.

있다면.

쉬시시식!

어둠 속에서 창이 날카로운 이빨을 들이밀었다. 도저히 막을 수 없는 사각 지역으로 파고들어 아론을 겁박했다. 하나 아론은 어떻게 했는지 모르겠으나 그 모든 공격을 막아내고 있었다.

"재미없군. 겨우 이 정도라니 실망스러워."

"크와아악!"

악을 써대는 페르플라멘 스피리투스.

그는 전신에 있는 모든 어둠의 힘을 한데 모아 아론을 향해 쏟아냈다. 하지만 마치 망망대해처럼 흔적도 없이 사라져 버리는 그의 어둠의 힘이었다.

"힘의 격차가 느껴지나?"

"있을 수 없는 일이다."

"여기 있잖아. 보지 못했으면 모르되 봤으면 좀 믿어라, 이 좀생이들아."

"죽이고 말겠다."

"제발 죽여달라니까?"

뚝!

그는 검지와 중지에 힘을 가했다.

그러자 절대 부러지지 않을 것 같은 창이 너무나도 쉽게 부러져 버렸다. 그에 페르플라멘 스피리투스의 검은 눈동자가 심하게 흔들렸다. 막대한 어둠의 마나가 담겨 있고, 지금 이 순간에도 끊임없이 어둠의 창이 그를 공격하고 있었다.

그럼에도 아론은 선 자리에서 미동조차 하지 않은 채 자신의 모든 공격을 막아내고, 튕겨내고, 흘리면서 가장 중심이 되는 창의 공세를 막아냈으며, 마지막에는 창을 부러뜨려 버렸다.

"어찌……."

"네 주인한테는 미안한 일이지만 이쯤해서 그만해야겠다."

"어림없는 소리."

"어림 있지."

팅!

꺾은 창두를 페르플라멘 스피리투스에게 날리는 아론.

쉬이익!

날카로운 소리가 들려왔다. 그에 페르플라멘 스피리투스는 코웃음 쳤다. 손가락으로 던진 창두가 과연 얼마나 강력할 것인가, 라고 생각했다. 그래서 어둠의 마나로 겹겹이 방어막과 검을 만들어내 날아오는 창두를 막고 공격했다.

하나!

빠지직! 빠직!

콰드드득!

방어막에는 균열이 발생했으며, 공격은 모두 튕겨져 나갔다. 절대 있을 수 없는 일이 눈앞에서 벌어진 것이었다. 하지만 그는 포기하지 않았다. 더욱더 많은 어둠의 마나를 불어넣어 방어막을 만들었고, 더욱더 날카로운 공격을 선보였다.

하나 그 모든 것이 허사였다.

아주 느릿하게 다가오는 창두.

방어막이 하나둘 퍽퍽 소리를 내며 박살 나 사라지고 있었고, 그럴 때마다 페르플라멘 스피리투스를 감싸고 있던 어둠은 크게 흔들리며 약화되어 갔다.

"안드레이 치카틸로 루케디스! 잘 봐라. 이것이 힘이라는 것이다. 타인의 힘을 갈취해서 내 것으로 만든 힘이 아닌 내 스스로 갈고닦은 힘이란 말이다. 그리고 한 무리의 우두머리가 되었으면 이렇게 찔끔찔끔 부하들을 보내지 말고 직접 와서 부딪쳐라."

"끄으윽!"

아론의 경고에 페르플라멘 스피리투스의 얼굴이 흉신악살처럼 변해가기 시작했다. 그가 분노한 건지 한 조각 어둠을 남겨 이 모든 상황을 지켜보고 있는 안드레이 치카틸로 루케디스가 분노한 건지 알 수 없었다.

다만 느릿하게 페르플라멘 스피리투스의 미간을 향해 다가가던 창두는 마침내 마지막 남은 방어막을 박살 내고 느릿하게 그의 미간으로 스며들기 시작했다. 비명은 없었다.

그저 홉떠진 눈과 떡 벌어진 입.

그리고 잘게 떨리는 신형이 존재할 뿐이었다.

CHAPTER 5

두 번째 안배

푸스스슛!

페르플라멘 스리피투스의 머리가 미세한 소음을 남기면서 부서져 나갔다. 실로 허무한 소멸이라 할 수 있었다. 하지만 모든 것이 소멸되었다 할지라도 오직 하나 남은 것이 있으니 둥글고 검은 구체였다.

아론은 그 둥글고 검은 구체를 바라보며 입을 열었다.

"나를 어느 정도 파악했나?"

"대부분."

기이한 음성이 들려왔다.

둥글고 검은 구체는 서서히 형체를 갖추었고 종내에는 사람의 형상을 하게 되었다. 긴 로브와 깊숙하게 눌러쓴 모습. 아마도 안드레이 치카틸로 루케디스의 본인의 모습을 투영한 것일 게다.

그런 안드레이 치카틸로 루케디스의 모습을 본 아론은 피식 웃으며 입을 열었다.

"난 보여준 게 없는데?"

"꼭 봐야 알 수 있는 것은 아니지."

"아니지, 아니야. 너와 나는 서로를 느낄 수 있다고 하지만 그것은 단지 느끼는 것일 뿐. 직접 볼 수 없는 게지. 네가 파악한 것은 엘프족의 수장인 유리피네스와 오크족의 로드인 카툼의 수준뿐이고 나의 수준은 지레짐작했을 뿐이다."

아론의 신랄한 말에도 불구하고 본체를 투영한 안드레이 치카틸로 루케디스의 환영은 별다른 반응을 보이지 않았다. 아니, 애초에 그런 사소한 반응까지 전해지는 환영이 아닐지도 몰랐다.

"그렇게 생각하는가?"

"당연히!"

"어리석은 자로군."

"너무 그러지 마. 너도 나의 한쪽이라고. 내가 어리석으면 너도 어리석다는 말이 되는 거니까."

"너와 난 다르다."

"다르긴 뭐가 달라? 하긴 뭐, 넌 인간이 아니겠지? 데미 리치 정도 되려나? 세 개의 힘을 공평하게 나눈 것이 아니라 어둠 속에 두 개의 힘을 녹여낸 것이니까."

"뭐가 다른가?"

"원래 일곱 개의 힘은 평등하다."

"종속 속에 평등이 존재한다."

"가져다 붙이기는. 대체 누가 그런 쓸데없는 말을 하는데? 그냥 네놈이 평등하게 세 개의 힘을 다룰 수 없어서 억지로 그 힘을 가장 강력한 힘 아래 종속시킨 것이겠지. 그래서 많은 힘이 소실되었고, 네놈이 내 앞에 모습을 드러내지 못한 이유가 됐겠지."

어느새 아론이 그를 부르는 호칭은 당신에서 너 혹은 네놈으로 변해 있었다. 안드레이 치카틸로 루케디스는 그것을 알고 있었다. 하지만 딱히 뭐라 하지는 않았다. 자신 또한 너 혹은 네놈, 이것, 저것으로 표현하니까.

그리고 자신의 적수 정도 된다면 자신을 그렇게 부를 자격이 있다고 생각했다. 적수에 대해서 굳이 예의를 지킬 필요는 없었다. 게다가 그 적수가 기사나 마법사도 아닌 용병이라면 말이다. 그래서 애초에 기대하지도 않은 점이 없지 않았다.

어쨌든 안드레이 치카틸로 루케디스는 마치 자신의 마음속에 들어갔다 나온 것처럼 정확하게 추론한 아론의 말에 등골이 섬뜩해짐을 느낄 수 있었다. 정식적으로 이렇게 환영으로나마 만난 것이 이번이 처음이었다.

자신은 아직 상대를 파악하지 못했는데 상대는 이미 자신의 절반 이상을 파악하고 있었다. 그에 슬쩍 기분이 나빠진 안드레이 치카틸로 루케디스.

그것도 용병 주제에 말이다.

하지만 그런 마음의 변화를 겉으로 드러낼 필요는 없었다. 이미 환영이란 자신을 기본으로 하지만 결코 자신과 같지 않으니 당황스러움을 드러낼 이유는 없었다.

"많은 힘이 소실되었다라… 네놈은 날 너무 쉽게 보는군."

"쉽게 보는 게 아니야. 상당히 신빙성이 있는 추론일 뿐이지. 그리고 그 추론에 넌 걸려든 것이고."

"말로써는 네놈을 당할 수 없겠구나."

"그러니까 말만 하지 말고 내 앞으로 모습을 드러내 봐."

"아직은 때가 아니다."

"아직 온전하게 흡수하지 못하는 모양이로군."

"……"

말이 없었다.

무언의 인정이라 할 수 있었다.

"생각보다 거짓말을 못하는 모양이군."

"굳이 숨길 필요도 없지."

"그만큼 자신 있다는 말인가?"

"자신이 없다면 네놈 앞에 모습을 드러내지도 않았을 것이다."

"그런가? 겨우 코빼기 한번 보여준 것으로 별 생색을 다 내는군."

"어쨌든 네놈의 실력을 잘 봤다."

"나도 네놈의 실력은 잘 봤다."

"이로써 비긴 셈인가?"

"아니, 내가 이긴 싸움이지."

"그런…….."

"아무리 내 실력을 알아보기 위한 미끼라고는 하지만 네가 획책해서 진흙탕으로 만든 에퀘스의 성역의 모든 것이 정리되었으니 분명히 네가 만든 세력 중 하나가 사라졌다. 그러니 내가 이긴 싸움이지."

참으로 어린아이와 같은 치졸한 말싸움이었다.

하지만 그 둘은 실로 진지하기 그지없었다.

"그런가? 그렇군. 또 새로 만들어야겠군."

"과연 그럴 수 있을까?"

"왜 그럴 수 없다고 생각하는 거지?"

"시간이 없을 테니까."

"누가 네 말을 믿어줄 것 같은가?"

"많은 사람이 내 말을 믿어주겠지."

"짧은 기간 동안 꽤나 많은 준비를 했나 보군."

"뭐 빠지는 줄 알았어."

"웃으라고 한 말인가?"

"아니. 사실을 말한 것뿐이야. 너도 이제 준비해야 할 거야."

"준비?"

"너의 탈을 벗을 준비 말이지. 정상에서 내려올 준비."

"글쎄, 그건 두고 봐야 할 일이지."

"아니, 반드시 그렇게 될 거야. 내가 그렇게 만들 테니까."

"과연 할 수 있을까?"

"바벨의 탑이 사라져도 해야 할 일은 해야 하지."

"……."

마침내 아론의 입에서 바벨의 탑이라는 말까지 나왔다. 그 것은 이미 이 대화를 통해 아론은 자신의 원천적인 세력이 어 디에 있는지 모두 파악했다는 것을 의미했다. 조금은 손해 보 는 느낌이 들었다.

자신의 숙적을 파악하기 위해 에퀘스의 성역을 미끼로 삼 았거늘. 그리고 예상보다 더 강력한 상대가 버거워지기 시작 했다. 하지만 이 또한 이겨내야 할 것이라고 생각을 했다. 이 것이 마지막 고비라는 것을 알고 있었으니까.

말이 없는 안드레이 치카틸로 루케디스를 보며 아론은 속으로 나직하게 웃음을 지을 수밖에 없었다. 물론 그냥 던져본 말이 아니었다. 그동안 진행되어 온 일련의 사건의 근본을 따라가다 보면 바로 마법사가 나오게 되어 있다.

그리고 지금은 그저 환영에 불과하지만 강력한 이끌림을 가지고 있었다. 때문에 아론은 불의 마탑을 추론할 수 있었다. 용병들은 대륙 곳곳에 가지 않은 곳이 없었다. 그리고 그중에 바벨의 탑과 인연을 맺은 용병들 역시 부지기수였다.

그들의 정보를 하나하나 꿰어 맞추다 보면 그 모든 것이 바벨의 탑과 불의 마탑을 향하고 있었다. 그래서 아론은 이곳에서 최종적으로 그것을 확인했다. 물론 용병들이 그렇다고 해서 믿어줄 사람은 그리 많지 않았다.

하지만 지금까지 인연의 고리를 만들어놓은 황실이나 에퀘스의 성역을 들자면 그렇게 문제가 되지 않을 것 같았다. 게다가 제국 전역으로 퍼져 있는 용병들의 활동을 부정적으로 보고 있던 귀족들 역시 우호적으로 변해가고 있기 때문이었다.

'내가 괜히 퍼주고 있는 것은 아니지.'

어쩌면 아론의 생각이 맞을지도 몰랐다.

그는 스스로 영웅이 아니라고 생각했다. 지극히 개인적이고 냉정한 사람이었다. 자신의 안위를 최우선으로 하는 사람이기도 했다. 그런 자신이 아무런 대가 없이 퍽퍽 퍼줄 리는 만무했다.

물론 황제나 귀족들 그리고 에퀘스의 성역에서 살아남은 이들은 자신을 영웅으로 볼 것이다. 원래 자신이 의도치 않은 일이었지만 그렇다고 해서 그런 자신에 대한 생각을 바꿀 이유는 없었다.

조금 힘들기는 하지만 그로 인해서 용병들이 얻는 게 많았기 때문이었다. 용병들의 삶의 질과 용병들에 대한 인식이 변하는데 굳이 그런 잘못된 생각을 바로잡을 생각은 없었다.

물론 힘들다. 영웅이 아닌데 영웅 행세를 하려니 무척이나 답답하지만 뭐, 그 정도는 얼마든지 감수할 수 있었다. 기사들이나 용병들에게 벽을 깨게 하고 실력 좋은 이들을 공장에서 찍어내듯이 만들어낸다. 이 또한 자신이 편하기 위해서 하는 것이다.

한 손으로 열 손을 당할 수 없다는 말이 있다.

상대는 오랜 세월 동안 준비를 하고 있었는데 자신은 고작해야 10년의 세월일 뿐이었다. 10년의 세월 동안 그 모든 것을 준비해야 했으니 자신을 사기꾼이라고 해도 할 말은 없지만 어쨌든 그렇기 때문에 악의 축이라고 할 수 있는 안드레이 치카틸로 루케디스의 마수에서 버텨낼 수 있었다.

물론 아론 혼자만의 생각이다. 하지만 다른 이에게 물어봐도 충분히 그렇다고 대답할 것이다. 이것도 그동안의 성과라면 성과라 할 수 있었다. 그런 성과 하나하나가 모여 지금의 상황이 만들어진 것이니까 말이다.

어쨌든 모든 것을 다 파악했다.

이제 조금 더 실력을 끌어올리는 일만 남았다.

그리고 아군을 더욱 단단하게 만들고 적은 분열하도록 만들면 된다. 그렇게 생각하는 동안 안드레이 치카틸로 루케디스의 환영은 점점 희미해지고 있었다. 남겨진 어둠의 힘이 서서히 줄어들고 있기 때문이었다.

"조만간 다시 보게 될 것이다."

"그 시간이 조금 더 줄어들었으면 좋겠군."

"으흐하하하!"

눅눅하고 음습한 웃음을 지으며 사라져 가는 안드레이 치카틸로 루케디스. 아론은 말없이 사라져가는 그의 환영을 지켜보고 있었다. 그런 그의 곁으로 카툼과 유리피네스가 다가왔다.

상당한 전력과 싸움을 했음에도 불구하고 그들의 얼굴은 평온해 보였다. 아니, 숨소리 하나 거칠어지지 않았다.

"빨리 끝냈네?"

"그리 어렵지 않더군."

그랜드 소드 마스터에 오른 카툼이 심드렁하게 입을 열었다. 별로 힘들지 않았다는 듯이. 아니, 평소 대련을 할 때보다

쉽다는 듯이 말이다.

"아직 완성된 게 아니더군요."

유리피네스가 아론의 옆에서 입을 열었다.

"완성이 되지 않았다?"

"아무래도 실험적인 수준이었던 모양이군."

"그렇다고 봐야 하겠지."

"그렇다는 것은……."

"아직 준비가 되지 않았다는 것이겠죠."

"그전에 우리가 먼저 움직여야 하지 않겠나?"

카툼과 유리피네스가 서로의 생각을 말했다.

"일단 제국 내부를 견고하게 다지는 것이 중요하겠지."

"하지만 오크족들의 저항을 먼저 잠재워야 하겠지요."

그러면서 아론과 유리피네스가 카툼을 바라봤다. 카툼은 고개를 끄덕이며 입을 열었다.

"크게 걱정하지 않아도 될 것이다."

"믿어도 되겠나?"

"날 못 믿겠다는 말인가?"

"아니, 널 믿지. 믿지 못하는 것은 편향될 수 있는 네 수하들이 문제이지."

"내 수하들이 편향된다?"

"그래."

"무슨 말인지 모르겠군."

"오랫동안 몬스터 취급을 당했다. 각성을 해서 하나의 종족으로 인정받기 시작했지만 아직까지 인간들은 오크족을 몬스터로 인식하는 경우가 많지."

"그건……."

"그런 인식 속에서 과연 오크족은 어떻게 생각할까?"

"그럴 수도 있겠군."

"그럴 수도 있는 것이 아니라 반드시 그런 오크가 나타난다. 현재 드렉타스의 뒤를 이었다고 스스로 말하며 세력을 확장하고 있는 듀로타스 역시 마찬가지 아닌가?"

"그렇군."

카툼은 인정하지 않을 수 없었다. 사실 크게 걱정하지 말라고 하기는 했지만 내부적으로 그런 반응이 없는 건 아니었다. 오크족은 오크족끼리 모여야 하지 않느냐? 왜 인간을 도와줘야 하는 것이냐? 하는 식으로 말이다.

지금이야 자신의 힘이 강력하니 그의 그늘 아래 모여 있다고는 하지만 자신이 죽고 난 다음에는? 다시 과거로 돌아갈 가능성이 농후했다. 일단 세력이 두 개로 나눠져 있다는 것 자체가 문제였다.

"어떻게 해야 될까?"

"로드가 되면 된다."

"로드 말인가?"

"그래. 절대적인 힘을 가진 로드가 되어라. 그리고 오크의 전통을 지키면서 인간과 교류해라. 인간과 같아지기 위해 노력하지 말고 너희들의 문화를 지키고, 발전시키면서 타 종족과 교류해야만 오크족의 영광 역시 지속될 것이다."

"우리는요?"

유리피네스가 냉큼 물었다.

"당신은… 이미 잘하고 있지 않나?"

"하지만 아직 엘프족 역시 오크족과 다르지 않고 단지 조금 더 이성적이라는 것뿐이지요."

"엘프족은 아마 한 세대가 지나야 하지 않을까?"

"세대가 지나야 한다는 말인가요? 쉽지 않은데요. 엘프의 수명을 생각하면 말이지요."

"후계자를 잘 정해야 하겠지."

"결국 후계자인가요?"

"그렇지. 의견을 조율할 수 있는 중심이 되는 자가 중요한 법이니까."

"그렇긴 한데……."

"자신 없는 모양이지?"

"그건 아니고요."

"자손을 많이 봐야겠지."

"개체수를 늘리란 말인가요?"

"인간이 중간계를 지배하게 된 이유가 뭐라고 생각하나?"

"그야……."

"문명도 문명이지만 일단 수적으로 압도적이기 때문이지."

"그것은 오크족과는 조금 다르군."

그에 카툼이 끼어들었다.

"오크족은 문명이 없다. 그것이 문제다. 문명과 그 문명을 유지시킬 수 있는 개체수가 중요하다."

"그렇군."

"모든 것은 균형이 중요하다. 한쪽으로 치우치는 순간 그 종족은 멸족을 경계해야 한다. 인간도 마찬가지이지. 많은 개체수만큼 균형을 유지하기 위해 노력하는 사람이 많다는 것이겠지. 그러하기에 인간은 끊임없이 발전하고 경계하고 욕심에 물들어간다."

"결국 짧은 생을 영원처럼 유지하는 방법이겠군."

"아마도……."

"……."

"……."

아론의 말에 유리피네스도 카툼도 침묵했다. 모든 것이 끝난 그 순간 마테리아 가문의 수장이 그들에게 다가오고 있었다.

'곱게 늙었군.'

확실히 마테리아 가문의 가주와 전대 가주는 곱게 늙었다는 말이 어울릴 것 같았다.

"고맙군요."

"그 말을 듣고자 한 일은 아닙니다."

"그렇다고는 하더라도 이미 당신이 우리 마테리아 가문을 살려준 것은 변함이 없죠."

"그런가요?"

"그렇죠. 그러하기에 우리 마테리아 가문은 그대가 원하는 세 가지의 요청을 무조건적으로 들어줄 것을 맹세하죠."

"그거 위험한 말인데요."

"가문이 멸족하는 일이 아니라면 말이죠."

"멸족할 수도 있습니다."

아론의 말에 마테리아 가문의 전대 가주이자 공간의 군주가 된 클라렌스 마테리아는 살짝 안색을 굳혔지만 이내 미소를 떠올리며 입을 열었다.

"그렇다 하더라도 한번 내뱉은 말을 거둬들일 수는 없지요."

"그래요. 전대 가주님의 말씀이 옳아요."

그에 당대의 가주인 라무스 마테리아가 동의했다. 그녀의 얼굴은 굳은 결심으로 가득 차 있었다. 어떤 말이라도 들어줄 수 있다는 듯이 말이다. 어차피 아론이 아니었다면 마테리아 가문은 당장에 멸족했을지도 몰랐다.

그로 인해 다시 가문이 계속되고 있으니 어쩌면 당연한 일인지도 모른다. 그때 유리피네스가 슬쩍 아론의 곁으로 다가와 팔짱을 끼고 들어왔다. 그 이유는 아론을 바라보는 마테리아 가문의 여인네들의 눈초리가 못내 못마땅했기 때문이었다.

아론 역시 별 거부감 없이 유리피네스의 팔짱을 받아들이고 있었다. 그 모습이 너무나도 자연스러워서 마치 오래된 연인 같아 일순간 마테리아 가문의 기사들은 살짝 눈살을 찌푸렸다.

하지만 클라렌스 마테리아와 라무스 마테리아는 둘이 한 행동의 의미를 너무나도 잘 알고 있었다.

'흐음, 언감생심 도전할 생각도 못 하겠군.'

'저 정도라면… 그래도 남자인 이상…….'

…이라고 생각을 했다.

저런 자와 인연을 맺는다면 가문에 큰 힘이 될 터였다.

"저의 안사람이 될 사람입니다. 그리고 저는 평생 동안 오로지 한 명의 반려를 원할 뿐이고요."

그들의 생각을 읽었는지 아론은 확실하게 선을 그었다.

"알… 겠어요."

일단 물러났다. 하지만 완전히 물러난 것은 아니었다.

'백 번 찍어 안 넘어가는 나무는 없지.'

…라고 생각했다.

다만 지금은 이렇게 물러나야 할 것 같았다. 더 들이댔다가는 좋았던 관계가 틀어질 것 같았다.

"아마도 머지않아 마테리아 가문이 필요할 때가 있을 겁니다."

"준비를 해야 하나요?"

"지금과 같다면 마테리아 가문은 멸문할 겁니다."

"그렇다는 것은……."

"여기 유리피네스가 그 해답을 줄 것입니다."

"유리피네스 님이……."

"보아서 알 것입니다."

"그녀는 이미 여기 있는 모든 이가 한꺼번에 달려들어도 어찌할 수 있는 수준이 아니라는 것을 말입니다."

"하나……."

"믿으셔도 됩니다."

그렇게 말을 하고 아론이 빠졌다. 그에 유리피네스는 상큼한 미소를 떠올리며 그녀들 앞에 섰다.

"자세한 사항은 유리피네스에게 들으시면 됩니다."

"가시렵니까?"

"한 곳에 머물 시기가 아니기에 먼저 자리를 벗어나야 할 것 같습니다."

정중한 말이지만 상대할 마음이 없다는 말과 같았다. 상대를 하려면 유리피네스와 상대하라는 말과도 같았다. 마테리아 가문의 당대의 가주와 전대의 가주는 아론의 완고한 입장을 알아들은 듯 말없이 고개를 끄덕였다.

"그리고 오크족의 로드께도 감사를 드립니다."

"……."

그에 카툼은 말없이 고개를 끄덕였다. 그는 딱히 말할 필요성을 느낄 수 없었다. 물론 에퀘스의 성역에서 오크족에 대한 인상을 조금 더 낫게 했다는 것은 중요하지만 말이다. 그렇다고 아론처럼 살갑게 대할 정도는 절대 아니었다.

"호의에 감사드립니다."

그에 카툼의 곁에 있던 블랙해머가 나섰다. 그러자 그녀들의 시선이 그에게로 향했고 카툼은 나직하게 입을 열었다.

"그는 오크족의 대장로 중 수석 장로요."

"아! 그렇군요. 반갑습니다."

그제야 얼굴을 조금 펴고 대하는 그들. 아직까지 그들은 신분적으로 상대를 대하고 있었다.

'아직 정신을 못 차렸군.'

아론은 그렇게 생각했다. 살아남았음에 진심으로 고마워야 했다. 자신들을 대신해서 싸웠음에 진심으로 고마움을 전해야 했다. 그런데 단지 오크족이라는 것에 혹은 자신과 격이 맞지 않는다는 것에 얼굴을 굳히고 있었다.

"혹독하게 해야 하겠군."

"그 말을 기다렸어요."

그런 태도는 유리피네스 역시 별로 좋게 보지 않은 모양이었다.

"그럼."

그 말을 남기고 아론과 카툼이 이종족 용병들과 함께 마테리아 가문에서 썰물처럼 빠져나갔다. 그런 그들을 약간은 허탈하게 바라보는 마테리아 가문의 사람들. 하지만 그들의 정신의 일깨우는 목소리가 있었으니.

"자, 이제 우리도 우리의 일을 해야겠네요."

"아!"

"잘 부탁드립니다."

"네. 물론이지요."

유리피네스의 말에 마테리아 가문의 사람들은 왠지 모르게 등골이 서늘해졌다. 도대체 왜 그런지는 몰라도 어쨌든 그들은 억지로 웃음을 지으며 자신들을 더욱 강하게 해줄 유리피네스에게 호감 어린 미소를 날렸다.

"저대로 두고 와도 괜찮겠나?"

"안 괜찮으면?"

"아니, 뭐… 유리피네스 님의 눈빛이 심상치 않아서 말이
지."

"그 눈빛이 너에게 갈 수도 있어. 그러니 만에 하나 유리피
네스 앞에서 그런 말은 말아."

아론의 말에 카툼은 살짝 몸을 털었다. 이 세상의 그 무엇
앞에서도 두려움을 느끼지 않는 그이지만 아론과 유리피네스
에게는 두려움을 느꼈다.

그리고 유리피네스가 아론의 옆자리를 차지하고 앉음에 아
론보다 오히려 그녀를 더 무서워할 수밖에 없었다. 왜 그런 생
각이 드는지는 그 자신조차도 알 수 없었다.

"그, 그러지."

대화를 나눈 둘은 북쪽을 향해 빠르게 달려가기 시작했다.
바로 굴카마스 가문이 있는 곳이었다.

*   *   *

"저곳이로군."

"그렇습니다."

"지금쯤 그들도 마테리아 가문에 도착했을 테지?"

"그럴 것입니다."

"얼마 정도의 시간이 걸릴 것 같은가?"

"글쎄요. 아무리 마테리아 가문이 일곱 가문 중에 하위에 있는 가문이라 할지라도 각 가문의 차이는 그야말로 양피지 한 장 정도의 차이이니 섣불리 예단하기는 어렵습니다."

"그런가?"

그렇게 간단하게 인정해 버린 어둠에 휩싸인 굴카마스 가문을 바라봤다. 지금 어둠 속에는 수없이 많은 이가 함께 움직이고 있었다.

"그런데 너무 조용하지 않나?"

"아마 어느 정도 준비를 하고 있을 겁니다."

"물론 그래야 재미있지. 그렇지 않으면 그 오랜 세월 동안 에퀘스의 성역에서 수좌의 자리를 차지할 수 없었을 거야."

"물론입니다. 그러하기에 본가의 전력을 투입한 것이 아니겠습니까?"

"그건 그렇고 아버지는 어떻게 되었는지 궁금하군."

"그분께 힘을 받아 절대적인 존재가 되셨습니다. 인간으로서 더 이상 오를 수 없는 수준까지 오르신 분이니 누가 그분을 위험에 빠뜨릴 수 있겠습니까?"

"그렇겠지."

그러면서도 당대의 가주인 폰스 포세이두스는 마음 한쪽 구석에 깃들어 있는 불안감을 감출 수 없었다.

'아니, 아닐 것이다. 기우일 뿐이다.'

단지 그렇게 생각할 뿐이었다. 그 누구도 자신의 아버지를 어떻게 할 수는 없었다. 한 줄기 불안감을 그렇게 날려 버렸다.

"포위가 완료되었습니다."

"그런가?"

그러면서 다시 현실로 돌아온 폰스 포세이두스는 어둠 속에 위치한 가문의 기사와 마법사 그리고 가병들을 지켜보았다. 어둠 속에서도 그들은 선명하게 보였으며 오히려 굴카마스 가문이 더욱 어둠에 잠겨 있는 것처럼 보였다.

"가지."

"모시겠습니다."

폰스 포세이두스가 한가롭게 걸음을 옮겼다. 그는 불처럼 노하지 않았다. 얼음처럼 차가운 냉철함이 존재할 뿐이었다.

끼이이익!

그가 굴카마스 가문의 외문에 도착했을 때 외문이 기괴한 울음을 내며 열렸고, 어둠에 잠겨 있던 굴카마스 가문 내부가 대낮처럼 밝아지기 시작했다. 그리고 삽시간에 불이 밝혀지고, 수백 수천의 인원이 모습을 드러냈다.

그 와중에는 굴카마스 가문을 표시하는 인장기도 있었고, 방계 가문의 인장기도 있었다. 그리고 그 인장 중에서는 이질적인 인장기가 있었으니 바로 플람베르 가문의 인장기였다.

"플람베르 가문인가?"

"그렇습니다."

"이건 좀 의외로군."

"오히려 더 좋은 일일 것입니다."

"한꺼번에 처리할 수 있어서?"

"수를 보아하니 플람베르 가문이나 굴카마스 가문이나 모든 전력을 투입한 것이 분명합니다."

"그런가? 그래서 이렇게 당당하게 맞이하는 건가?"

"아마도 그렇지 않겠습니까?"

"자신감이 좋군."

"자신감이라기보다는 아 가문을 무서워한다고 하는 것이 맞지 않겠습니까?"

"아 가문을 무서워한다?"

"그래서 두 가문이 한데 모인 게 아닌가 싶습니다."

"그렇군. 드디어 저들이 아 가문을 인정하는 것이로군."

"그렇습니다."

"나쁜 기분은 아니로군."

그들은 한껏 고무되기 시작했다. 굴카마스 가문과 플람베르 가문이 모두 한 장소에 모여 있음에도 불구하고 그들은 전혀 개의치 않은 모습이었다. 오히려 자신들의 가문을 인정했다는 점에 대해 뿌듯함을 담고 있는 시선이 농후했다.

그렇게 그들은 굴카마스 가문의 내문까지 아무런 제재도 받지 않고 들어갈 수 있었다.

그들은 마침내 몇 명의 존재를 볼 수 있었다. 바로 굴카마스 가문의 전대 가주와 당대의 가주, 그리고 플람베르 가문의 전대의 가주와 당대의 가주였다.

"오랜만이로군."

누구에게 말을 한 것인가?

"난 처음 보는데?"

그 많은 사람 중에 가장 먼저 입을 여는 자가 있으니 바로 길버트였다. 그에 폰스 포세이두스는 눈살을 찌푸리며 입을 열었다.

"누군가?"

"당대의 플람베르 가문의 가주 길버트 플람베르지."

"모르는 놈이군."

"나도 당신을 몰라."

그에 눈살을 찌푸리는 폰스 포세이두스.

"플람베르 가문도 이제 그 운이 다한 모양이군. 이런 천둥벌거숭이 같은 놈이 가주라니."

"적어도 힘에 취해 흑마법사의 하수인이 된 이들보다는 낫지."

"애송이, 뚫린 입이라고 함부로 말을 하는구나."

"입이야 말을 하라고 뚫린 것 아닌가? 꼭 먹을 때만 쓰라는 것이 아니지. 그리고 우리가 몬스터나 동물이 아닌 이상 생각을 표현할 자유는 있지 않은가?"

"감히……."

그에 포세이두스 가문의 책사인 빅토르 페구에르가 노호성을 터뜨렸다. 그에 길버트는 슬쩍 그를 일별한 후 입을 열었다.

"가주들끼리 대화하는 데 잡놈은 끼어드는 게 아니다."

"뭐라? 네놈이 진정……."

"아씨, 정말 어른들 말씀하는 데 끼어들지 말라니까."

소리를 빽 지르는 길버트. 그 삼엄한 기세에 7서클의 흑마법사인 빅토르 페구에르는 순간 질식할 것만 같은 살의를 맛보았다. 비록 그저 시선을 자신을 향한 것뿐인데 수십 수백의 칼날이 자신의 전신을 난자하는 것 같은 착각을 들게 했다.

하지만 이내 빅토르 페구에르는 모멸감에 전신을 잘게 떨 수밖에 없었다. 자신은 포세이두스 가문의 책사이자 7서클의 흑마법사였다. 얼굴도 제대로 모르는 애송이에게 자신이 잠시 잠깐 두려움을 느꼈다고 생각하니 어쩌면 당연한 것일지도 몰랐다.

그때 그의 어깨를 잡은 손이 있었다.

"진정해."

억센 힘이 빅토르 페구에르의 어깨를 짓눌렀다. 그에 빅토르 페구에르는 크게 숨을 들이쉬며 자신을 진정시켰다.

"어린놈이 입담이 좋구나."

"살아남으려니 입담이라도 좋아야 하더군."

"오호! 언젠가 들은 적 있다. 후계자의 암투에 질려 집을 뛰쳐나간 연약한 아들이 있었다는 것을 말이다."

"그 연약한 아들이 이렇게 장성해서 가문을 영광으로 이끌고 있지."

대답은 길버트 대신에 이제는 전대 가주가 되어버린 이그니스 플람베르가 대신했다. 그에 폰스 포세이두스의 시선이 그에게로 향했다.

"오랜만이로군."

"그래, 오랜만이로군."

"신수가 훤해졌군."

"넌 신수가 암울할 정도로 어두워졌군."

"오랜만에 만난 친구에게 할 말이 아닐 터인데?"

"친구가 잘못된 길로 가면 그 길을 바로잡는 것이 진정한 친구 아닌가?"

"그동안 얼굴 한번 내비치지 않던 친구가 할 말은 아니로군."

"서로 바빴지. 자네는 자네 가문을 위해서, 나는 나의 가문을 위해서 말이야. 그래도 인편을 몇 번 보낸 기억이 있는데 답은 돌아오지 않더군."

"언제 죽을지 몰라 골골한다더니 너무 정정하군."

"그래서 아쉽나?"

"매우 아쉽군."

"이상하군. 난 자네에게 그렇게 아쉬워할 이유를 모르겠는데 말이야. 남들보다 조금 더 친하고 조금 더 많은 생각을 나눴지 않은가?"

"하지만 항상 자네는 나의 걸림돌이 되었고, 비교 대상이 되었다."

"흐음… 결국 자네는 나에게 비교당해서 자격지심에 걸린 것이로군. 그게 질시로 변했고, 질시가 결국 자네를 분노로 이끌어 이성을 잃게 만들었군."

"아니, 아니지. 그 분노가 더욱 큰 힘을 가지게 된 것이지."

"별로 힘이 강해 보이지 않는데 말이지."

"훗! 고블린이 어찌 오거의 큰 뜻을 알겠는가?"

"자네가 언제 고블린이 되었나? 불쌍하고 또 불쌍하군."

"……."

이그니스 플람베르의 말에 폰스 포세이두스는 입을 닫았다. 분노가 치밀어 올랐기 때문이었다. 말로써는 절대 저 두 부자를 이길 수 없어 더욱더 그러하였다.

"왜, 할 말이 없는가?"

"이제 그만해야 할 것 같군."

"왜? 재미있구만."

"죽을 때가 된 것이지."

"자네가 말인가? 아쉽군. 이렇게 빨리 삶을 포기하다니."

끝까지 염장을 지르는 이그니스 플람베르였다.

"크흐흐흐."

그에 폰스 포세이두스는 음침한 미소를 흘렸다. 이 상황이 너무 재미있다는 듯이 말이다.

"역시 평생의 내 적수다운 입담이로군."

"난 자네를 적수로 생각한 적이 없네."

"내가 그 정도밖에 되지 않았나?"

"아니. 나는 자네를 언제나 유일한 친구로 생각했네. 이곳에 들어서기 전까지도 말이네."

"지금은 아니란 말인가?"

"자네가 나를 친구로 생각하지 않고 적으로 생각하고 있으니 나 또한 그리 생각할 것이네."

"그래서 아들 뒤로 숨은 것인가?"

"아니. 아들이 나보다 더 가문을 잘 이끌 것이라고 생각해서 가주의 자리를 넘겼네."

"저 애송이가 말인가? 저 겁쟁이가 말인가?"

"글쎄, 우리가 살아온 세월에 비하면 애송이일지 모르지만 겁쟁이란 말은 인정할 수 없군. 팔불출 같지만 내 아들은 여기서 가장 강할지도 모르거든."

"말도 안 되는 소리."

"그야 한번 부딪쳐 보면 알 것이고… 정말 가문의 전력을 다 대동한 모양이로군."

이제 그런 이야기는 그만하자는 듯이 주변을 한번 둘러보며 입을 열었다.

"왜, 겁이 나나?"

"겁이 나긴. 불쌍해서 그렇지."

"불쌍?"

"이제 포세이두스 가문은 볼 수 없을 것 같아서."

"우리를… 이길 수 있을 것 같은가?"

"분명히."

"어이가 없군."

"나도 그러네. 한 가문이 두 가문을 동시에 상대하겠다니 말이야."

"언제부터 자네가 이렇게 말을 잘했는지 알 수 없군."

"나이가 드니 말이 많아지더군."

"늙었음을 인정하는 것인가? 뒷방 늙은이에 만족한다는 말인가?"

"인정이나 만족은 아니고, 자네 덕분에 새로운 삶을 살아가고 있다고나 할까?"

"그런데 말이지……."

"뭔가? 뭔가 걸리는 것이 있나?"

"누구를 기다리는 것인가?"

"오호! 들킨 건가?"

"말이 너무 많아서."

"으음, 말을 많이 하는 것이 오히려 작전을 눈치채게 하다니."

"누군가?"

"용병왕."

"용병왕? 겨우?"

"어허~ 자네가 용병왕을 몰라서 그러는데 진정 무서운 사람이라네. 용병왕이라는 사람은."

"그래봐야 용병왕일 뿐이지."

"글쎄, 정말 그를 직접 본다면 그 말이 쑥 들어갈지도 모르겠군."

"쓸데없는 소리. 용병 전체가 온다면 모를까, 그 혼자라면 결코 이 상황을 호전시킬 수는 없을 것이네."

"그건 봐야 알 일이고."

"그런가? 그럼 그가 무서워서라도 빨리 정리해야 하겠군."

"그것이 어디 쉽겠나?"

"쉽지 않으면?"

그러면서 폰스 포세이두스는 느릿하게 손을 들어 올린 후 검지를 까딱거렸다. 그에 어둠이 일렁이면서 포세이두스 가문의 기사와 마법사 그리고 가병들이 움직이기 시작했다.

"에잉, 조금 더 시간을 끌려고 했더니. 늙어서 그런지 눈치는 정말 빠르군."

"이제는 죽을 때이다."

"누가 죽을지는 두고 봐야 하겠지."

어둠을 밝히는 불빛 속에서 포세이두스 가문과 굴카마스 가문 그리고 플람베르 가문의 기사와 가병들이 부딪혀 갔다.

콰아앙!

거대한 폭음이 들려오고, 어둠을 대낮같이 밝히는 불빛이 사방으로 뻗어나갔다. 세 가문의 수장들은 그 광경을 무덤덤하게 바라봤다. 가문의 운명을 건 전투임에도 불구하고 그들의 모습은 너무나도 담담했다.

정말 전장의 한가운데 혹은 가문의 운명을 건 이들인지 의심이 들 정도였다. 그때 폰스 포세이두스는 다시 손가락을 까딱였고, 그의 등 뒤에 시립하고 있던 헬 나이트와 헬 매지션이 움직이기 시작했다.

그에 굴카마스 가문과 플람베르 가문의 전대 가주들이 움직였다. 그때 굴카마스 가문의 당대 가주는 슬쩍 길버트 플람베르를 바라봤다. 그에 길버트는 그저 고개를 끄덕였다. 혼자 폰스 포세이두스와 빅토르 페구에르를 상대하겠다는 그의 의지였다.

"괜찮겠나?"

"크게 힘들지는 않을 겁니다."

"그러한가?"

"뭐, 친구가 날 죽일 정도로 단련시켰으니 그 힘을 시험해 볼 절호의 기회이기도 합니다."

가벼운 길버트의 말에 피식 웃어버린 그는 그의 어깨를 두드려 준 후 전대 가주들이 향하는 전장으로 걸음을 옮겼다. 그제야 크게 한숨을 쉬고 고개를 돌리며 자신의 앞에 있는 두 명을 바라보는 길버트.

"애송이는 역시 애송이인가?"

"그 애송이한테 한번 당해봐."

"쯧. 말본새 하고는……."

"이렇게 태어난 걸 어쩌겠어."

"그래, 그렇겠지. 그래서 내가 오랜만에 어린놈에게 훈계를 내리려 한다."

"훈계라… 그것은 올바른 자가 올바르지 않은 자에게 내리는 것이지, 올바르지도 않은 자가 올바른 자에게 할 말은 아니라고 보는군."

"이 세상은 정화되어야 한다."

"그 정화가 당신이 해야 할 일은 아니지."

"아니, 내가 해야 할 일이다."

"정화는 오로지 신만이 할 수 있는 것. 당신은 신이 아니야."

"나는 인간으로서 신의 자리에 오른 그분에게 힘을 얻었다."

"그걸 두고 이단이라고 하는 것이다. 신은 신일 뿐. 인간이 신일 수는 없는 것이지. 자신을 신이라 지칭하는 것 혹은 자신이 신의 사도로 생각하는 것 자체가 광신도와 무엇이 다른가?"

"어린놈이 말은 참으로 잘하는구나?"

"말만 잘하지는 않지."

"옳구나. 어디 그 입담만큼 실력이 있는지 보자꾸나."

그리고 손을 들어 올렸고, 그의 등 뒤에 있던 수십 자루의 대검이 하늘로 치솟아 올라 회전하며 길버트를 향해 쇄도하기 시작했다. 길버트는 어느새 빼 들었는지 모를 방패를 날렸다. 그리고 그의 손에는 정찰 백인대장 때부터 사용하던 플레일이 쥐어져 있었다.

따다다다당!

검푸른 섬광이 일어났고, 수없이 많은 대검이 튕겨져 나갔다. 하지만 그렇다고 해서 폰스 포세이두스가 쏘아 보낸 대검을 모두 막아낸 것은 아니었다. 길버트는 세 갈래로 갈라진 플레일을 가볍게 휘두르기 시작했다.

그의 플레일에서 화염이 이글거리기 시작했다. 길버트는 특이하게도 플람베르 가문에 속해 있으면서 검이 아닌 플레일을 사용했다. 공격하는 와중에도 폰스 포세이두스는 흥미롭다는 듯이 그를 바라보고 있었다.

자신이 날린 수백 자루의 대검은 결코 허상이 아니었다. 허상이라고 생각하는 순간 그야말로 순식간에 목숨을 내놓을 수밖에 없는 치명적인 한 수. 허상이 실상이고 실상이 허상인 상태. 그러함에도 길버트는 전혀 흔들림 없이 자신의 대검을 막아내고 있었다.

방패를 자유자재로 다루면서 들고 있는 플레일로 정확하게 박살 내는 모습에 감탄이 절로 날 정도였다. 그러는 동안 책사인 빅토르 페구에르는 전투에 참여하지 않았다.

그럴 수밖에 없는 것이 지금 참여할 수 없었다. 그만의 전투이기 때문이었다. 그가 원하지 않는다면 자신은 전투에 참여할 수 없었다. 그것은 가주의 자존심이었으니까. 그는 조용히 둘의 싸움을 지켜보고 있었다.

CHAPTER 6
성역의 안정

폰스 포세이두스는 흥이 났다.

자신이 전력을 다할 정도의 상대를 만나기란 쉽지 않았기 때문이었다. 하지만 한편으로 살짝 짜증도 났다. 자신의 아들 내미뻘이었다. 그럼에도 불구하고 자신의 아들들보다 월등한 실력을 지니고 있었다.

그래서 짜증이 나고 한편으로는 이그니스 플람베르가 부러웠다. 그리고 종내에는 그 부러움과 짜증이 분노로 이어졌다.

'여기서 널 죽이고 말겠다.'

될성부른 나무는 떡잎부터 잘라내야 한다. 자신이 보기에 새파랗게 젊은 플람베르 가문의 당대의 가주는 이미 될성부른 나무가 아니라 완벽하게 자란 나무였다. 여기서 이대로 뒀다가는 큰 화근이 될 것이었다.

물론 이미 굴카마스 가문을 완벽하게 멸문시키기 위해 굴카마스 가문을 공격한 것은 맞다. 그런데 생각지도 않은 플람베르 가문까지 덤으로 멸문시킬 수 있을 것 같았다. 어디서 이런 근거 없는 자신감이 나오느냐고 묻는 이들이 있을 것이다.

'지난 1백 년간 아 가문은 끊임없이 노력했다.'

그 덕분에 기사들과 마법사의 실력이 눈에 띄게 늘었다. 단적인 예로 가주 직속 호위대의 경우 기사들 전원이 소드 마스터였고, 마법사들 전원이 6서클이었다.

또한 가문의 축을 이루는 대부분의 기사가 익스퍼트에, 마법사들은 3서클 이상의 전투 마법사였고, 각각 극한의 신체 강화술로 인해 여느 기사나 마법사들보다 강력했다. 거기에 가병들 역시 신체 강화술로, 마나를 다루지는 못했지만 그들 다섯 명이 모이면 익스퍼트의 기사를 상대할 수 있을 정도였다.

그것만이 아니었다.

그분께서는 자신의 가문에는 그 오랜 세월 동안 도달하지 못하고 배출하지 못한 절대의 경지의 기사들과 마법사들을 지원해 줬다. 한둘도 아닌 기사 5백과 마법사 1백이었다. 그들

중 기사의 절반 이상이 소드 마스터였고, 마법사의 절반 이상
이 5서클 이상이었다.

이게 말이 되느냔 말이다.

단순히 그들로만 일개 백작 영지 정도는 그냥 밀어버릴 만
큼 강력한 무력이라 할 수 있었다. 그런 엄청난 전력을 지원해
줬으니 굴카마스 가문과 플람베르 가문이 연합을 했다 해도
그들을 상대로 승리하지 못할 이유가 하나도 없었다.

'반드시 두 가문을 멸문시켜야 한다.'

그것은 각오였다.

그러하기 위해서는 가장 먼저 자신의 눈앞에 있는 애송이
를 치워야만 했다. 그런데 흥미를 넘어서 분노가 치밀어 올랐
다. 그렇게 노력했건만 자신의 아들들보다 앞서가고 있었다.
모든 것은 자신의 가문이 우세해야 했다.

하다못해 가병의 수준까지 말이다.

그런데 생각지도 못한 곳에서 복병이 나타났다. 그 복병은
자신이 지금 이 순간에도 보이지도 않을 정도로 쏘아내고 있
는 환영의 어둠 검을 막아내고 있었다. 그런데 힘겹게 막아내
고 있는 게 아니라 아주 수월하게 막아내고 있는 것 같았다.

'믿을 수 없군.'

솔직한 심정이었다.

그래서 더욱더 경각심이 일었다.

그 순간 그의 환영의 어둠 검이 변하기 시작했다. 그리고 환영의 검이 아닌 실제 존재하는 검이 되었다.

'바람의 어둠 검.'

보이지 않았다.

그가 쏘아 보낸 검은 이미 바람이 되었기 때문이었다.

그 순간 길버트는 폰스 포세이두스의 기세가 변한 것을 느꼈다. 그리고 변화했다고 생각하는 그 순간 그의 대검은 더욱더 은밀해졌다.

휘이잉!

가볍고 음습한 발이 물어왔다.

채앵!

무언가 방패를 스치고 지나가면서 날카로운 소리가 들려왔다. 그것을 시작으로 사방으로부터 날카로운 기세가 뻗어 나오고 있었다. 한두 곳을 지정해 놓고 공격이 들어오는 것이 아니었다.

하지만 길버트는 침착했다.

방패와 플레일을 움직여 너무나도 가볍게 바람이 되어 자신을 공격하는 창의 공격을 막아내고 있었다. 어느 방향에서 날아오든 길버트의 방어를 뚫어내지 못했다.

그에 폰스 포세이두스는 침음성을 삼킬 수밖에 없었다. 어떤 공격으로도 길버트의 방어를 뚫지 못할 것 같았다. 처음의 자신감 가득했던 폰스 포세이두스의 얼굴은 점점 굳어져 가고 있었다.

쿠웅!

공격을 멈췄다.

어느새 폰스 포세이두스의 오른손에는 백색의 얼음 대검이 들려져 있었다. 길버트는 말없이 무감정한 눈으로 그런 폰스 포세이두스를 바라봤다.

"이제 본격적으로 할 마음이 생겼냐?"

"애송이란 말 취소하지."

"애초부터 잘못된 생각을 한 거지. 오거는 고블린 한 마리를 잡을 때도 최선을 다하거늘, 그랜드 소드 마스터에 오른 자가 상대를 애송이라 얕잡아 보다니."

길버트의 책망 어린 말에 폰스 포세이두스는 눈살을 찌푸렸다. 자신의 아들뻘 되는 놈에게 충고를 듣는 것이 결코 마음에 들지 않았기 때문이었다.

"듣자 듣자 하니 어린놈이 말을 너무 쉽게 하는구나."

그때 빅토르 페구에르가 앞으로 나섰다. 그가 듣기에도 천둥벌거숭이 같은 길버트였기 때문이었다. 물론 가주의 대검을 막아낸 것으로 봐서는 충분히 실력이 있었다. 어쩌면 소가주보다 조금 더 나을지도 몰랐다.

'싹을 잘라야 한다.'

그래서 더욱 죽여야만 했다.

그러면서 슬쩍 가주를 바라보는 빅토르 페구에르.

그것은 그의 승낙을 득하는 것이었다. 참여해도 되느냐는 물음이었다.

그러나 폰스 포세이두스는 더욱 얼굴을 굳혔다. 그것은 허락하지 않는다는 것을 의미했다. 자신의 선에서 해결한다는 의미였으니 빅토르 페구에르는 뒤로 물러났다. 그러면서 흘깃 전황을 살폈다.

순간 그의 눈동자가 살짝 흔들렸다.

압도적일 것이라고 생각했다.

그런데 전혀 아니었다.

아니, 오히려 밀리고 있었다.

'어떻게?'

믿을 수 없었다.

특히 굴카마스 가문과 플람베르 가문의 전대 가주와 원로들의 활약은 그야말로 눈부셨다.

"와하하하하! 좋구나."

"겨우 이 정도였더냐?"

"이 정도로 본 굴카마스 가문을 넘본 것이었더냐?"

그들은 마치 물 만난 물고기처럼 날뛰기 시작했다. 그러한 그들 앞에 포세이두스 가문의 가병들은 그야말로 추풍낙엽이었다. 하지만 그들은 약과였다. 그가 주목한 것은 바로 플람베르 가문의 전전대 가주와 전대 가주 그리고 그들의 직속이라 할 수 있는 1백여 명 정도의 기사들이었다.

그들은 헬 나이트들을 상대하고 있었다. 압도적이라고 생각했던 헬 나이트들이지만 그들조차도 전전대 가주와 전대 가주 그리고 1백여의 기사들 앞에서는 그야말로 바람 앞의 등불과 같은 존재였다.

저들은 그분의 은혜를 저버린 자들이었다. 그러한 가문이 어떻게 그분의 은혜를 입은 자들보다 더 뛰어날 수 있단 말인가? 그것은 있을 수 없는 일이었다. 그런데 그 일이 지금 이 자리에서 일어나고 있었다.

마른침을 삼키는 빅토르 페구에르.

그는 자신도 모르게 폰스 포세이두스를 바라봤다. 불행하게도 폰스 포세이두스의 신경은 오로지 자신의 눈앞에 있는 길버트에게로 향해 있었다. 그에 빅토르 페구에르는 무겁게 고개를 끄덕인 후 살짝 뒤로 물러났다.

가주에게 플람베르 가문의 당대 가주를 맡긴다. 그렇게 한다 해도 결코 가주가 패한다고는 생각하지 않았다. 지금 당장 중요한 것은 전체적인 전황을 반전시키는 것에 있었다. 그러기 위해서는 반드시 자신과 함께 마법 전력이 필요했다.

그는 두어 걸음 뒤로 물러났다.

그에 가문의 스컬 매지션의 단장인 로니 스렌딜이 그의 곁으로 다가왔다.

"......"

"나서야 할 때다."

"알겠습니다."

그들은 흑마법으로 육체적으로나 마법적으로나 강력하게 강화된 마법사들이었다. 몸놀림은 익스퍼트의 기사들을 능가할 것이고 개개인이 4서클 이상의 마법사들이었다. 마탑의 마법사들과 겨루어도 손색이 없었다.

그들의 투입은 전황에 많은 변화를 가져올 것이 분명했다. 그는 아직 나서지 않고 있는 헬 매지션을 슬쩍 바라봤다. 헬 매지션의 실력은 분명 가문의 스컬 매지션들보다 뛰어났다. 1백 기의 각 개체가 6서클의 리치였으니 말이다.

하지만 일반적인 리치는 아니었다. 그것은 헬 나이트라 명명된 이들도 마찬가지였다. 본능적으로 마법을 펼치고 본능적으로 검술을 펼치지만 그들에게는 지능이 부족하고 언어가 부족했다. 그래서 그들은 완벽하지 않았다.

그래서 그들은 미완성품이었다.

하지만 그런 미완성품만으로도 충분히 마음 한쪽이 풍성해졌다. 미완성품이라고는 하나 사용하는 방법에 따라 세상의 그 어떤 무기보다 강력하게 사용할 수 있으니 어찌 보면 이보다 강력한 무기는 없겠다 싶었다.

한데 상대도 이것을 알고 있는지 이것을 아주 교묘하게 이용하여 싸움을 진행시켰다. 그 탓에 가문의 기사와 가병들은 손발이 어지러워져 제대로 된 대응을 하지 못하게 지리멸렬하여 기습의 이점을 제대로 살리지 못하고 있었다.

"자네는 30을 데리고 가 헬 매지션을 지휘하게."

"알겠습니다."

"그리고 알토 자네는 30을 데리고 가 헬 나이트를 지원해 주게."

"알겠습니다."

"그리고 쓰론 자네는 만약을 대비하여 10의 마법사를 지휘하여 가주님을 보필하게."

"알겠습니다."

일사천리로 모든 명령을 내렸다. 마치 이 정도는 예견하고 있었다는 듯이 말이다. 그리고 그는 스스로 전장을 살펴 30명의 마법사들과 함께 기민하게 움직이기 시작했다.

"막아라!"

"밀리지 마라!"

"크아악!"

강력하게 강화된 포세이두스 가문의 가병들. 그들은 절대 물러섬이 없이 싸워 나가고 있었다. 하지만 굴카마스 가문과 플람베르 가문, 그리고 용병왕에게서 지원받은 용병들에 의해 수세에 몰릴 수밖에 없었다.

그들이 아무리 일당백의 가병이라고는 하지만 상대는 에퀘스의 성역의 수위를 차지하는 두 가문이었고, 요즘 들어 가장 강력한 용병들이었기에 수적인 열세를 감당하지 못했다. 거기에 상대 가문은 적절하게 마법까지 사용하고 있으니 제대로 된 지원을 받지 못한 포세이두스 가문의 가병들은 속수무책으로 밀리기 시작했다.

그때였다.

슈와아아앙!

콰아앙!

"커헉!"

"마, 마법사다!"

"조심해라!"

갑작스럽게 날아온 마법에 굴카마스 가문의 가병들과 플람베르 가문의 가병 그리고 용병들은 제각각 외쳐 경각심을 돋우고 이전보다 더 조심히 포세이두스 가문의 가병들을 공격하기 시작했다.

"마법 지원이다!"

"정신 차려라!"

"우리는 승리할 수 있다."

"와아아아!"

두 편으로 나눠진 가병들은 서로를 향해 악을 쓰며 달려들기 시작했다. 포세이두스 가문의 마법사들 또한 진언을 읊기 시작했다. 각자 다른 방향을 지켜보고 있었으며 세 명이 한 조가 되어 각자 사방을 경계하고, 가병을 지원하고, 진언을 읊었다.

그리고 그 주변을 열 명이 한 조가 된 헬 나이트들이 철저하게 지키고 있었다. 그 어떤 것도 그들에게 위해를 가할 수 없자 포세이두스 가문의 마법사들은 오로지 자신의 마법에만 신경 쓸 수 있었다.

그때였다.

쿠와아앙!

초승달 모양의 붉은 화염이 그들을 향해 쇄도했다. 그에 헬 나이트는 들고 있던 대검으로 초승달 모양의 붉은 화염을 막아냈다. 거대한 폭음이 들려오며 주변의 가병들은 여지없이 튕겨져 나갔다.

"크아악!"

"막아!"

그들은 초승달 모양의 붉은 화염을 날려 보낸 자를 향해 달려들었다.

"어리석은 자들."

그는 다름 아닌 이그니스 플람베르였다.

이미 그랜드 소드 마스터에 오른 그인지라 전장을 종횡무진하면서 그 힘이 도움이 될 만한 곳을 지원하고 있었다. 물론 그가 지원하는 곳은 절대 일반적인 곳이 아니었다. 처음에는 중구난방이었던 지원이 누군가의 개입으로 인해 조직적으로 변해감에 따라 그 핵심이 되는 곳을 중점적으로 지원했다.

지금과 같이 기사들의 호위와 자체적인 경계와 호위 그리고 공격을 한꺼번에 시행하는 마법사 집단이 있는 곳 말이다. 전장에 정신이 팔려 있던 마법사들은 이그니스 플람베르의 불의의 기습에 당황할 수밖에 없었다.

자신들을 호위하는 헬 나이트들은 그야말로 일반적인 범주의 소드 마스터를 훨씬 뛰어넘는 존재였다. 이들 둘이 모이면 그레이트 소드 마스터조차 상대가 가능할 정도였다. 그런데 그중 두 기의 헬 나이트들이 제멋대로 찌그러져 나동그라졌다.

그것도 첫 일격에 의해서 말이다. 하지만 헬 나이트는 두려움을 모르는듯 이그니스 플람베르를 향해 쇄도했다. 거기에 마법사들의 마법이 가세했다. 오러 블레이드와 함께 어둠의 마법이 이그니스 플람베르를 포위하듯 날아들었다.

"플레임 멤브레인."

하지만 이그니스 플람베르는 아주 간단하게 화염의 방어막을 펼쳐 그 모든 공격을 막아냈고, 잔상을 남기며 이동했다.

콰앙!

헬 나이트의 머리가 터져 나갔다. 곁에 있던 마법사는 화들짝 놀라 뒷걸음질 쳤고, 그 순간을 놓치지 않고 이그니스 플람베르는 검을 휘둘렀다.

콰앙! 서걱!

폭음과 무언가가 잘려 나가는 소리가 동시에 들려왔다. 한 기의 헬 나이트의 머리가 날아갔고, 한 마법사의 목이 잘려 나갔다. 머리를 잃은 헬 나이트의 몸체는 이리저리 움직이다 결국 통나무 쓰러지듯 쓰러져 검은 연기를 내며 칠흑의 풀 플레이트만 남기고 사라졌다.

"집중 공격해!"

"다크 애로우!"

"다크 쉴드!"

"다크 스피어!"

"다크 파이어 레인!"

"다크 익스플로젼!"

헬 나이트들에게 방어막을 시전하는 마법사가 있는 반면, 공격 마법을 시전해 이그니스 플람베르를 공격하는 마법사도 있었다. 그중 가운데에 있는 마법사는 냉정한 눈빛으로 이 모든 상황을 지시하고 있었다.

이그니스 플람베르는 여유로웠다. 급하게 한다고 해결되는 것도 아니고, 여유를 잃으면 강자조차도 쉽게 허물어지기 때문이었다. 그는 자신의 검을 허공에 띄웠다. 하나의 검이 허공에 곧추세워지고, 붉게 달아올라 마침내 백색이 되었을 때 또 하나의 검이 생성되었다.

그리고 또 하나.

그리고 또 하나.

마침내 그의 주변으로 일곱 개의 검이 생성되었을 때 검은 서서히 회전하기 시작했고, 투명한 백색의 막을 형성한 후 꽃이 피어나듯 사방으로 쏘아져 나갔다. 잔상을 남기면서 자유자재로 움직이며 마법을 잘라내고, 칠흑처럼 어두운 오러 블레이드를 박살 내며 전진했다.

콰아앙!

그저 잘라냈을 뿐이었다.

그러나 헬 나이트의 머리에서는 폭음이 들려왔다.

서걱!

스치듯 지나갔다.

푸화아악!

머리가 솟구치며 검붉은 피가 분수처럼 치솟아 올랐다.

"이, 이럴 수가!"

두 기면 그레이트 소드 마스터를 상대할 수 있다는 헬 나이

트가 힘 한번 제대로 써보지 못하고 소멸되었다. 강력하기 그
지없는 마법이 잘려 나가고, 마법사들이 자신이 어떻게 죽었
는지도 모른 채 목이 허공에 치솟아 올랐다.

"끄륵!"

그리고 일곱 개의 검이 하나가 되어 마지막 이 모든 것을
지시하던 마법사의 심장을 쪼개고 목을 베어내자 가래 끓는
소리를 내며 죽음을 맞이하는 마법사. 허공에 떠오르며 깊게
눌러쓴 후드가 벗겨지고 그 속에서 드러난 건 놀라움이 가득
담긴 커다란 눈동자뿐이었다.

그는 한 조를 압살한 후 일별조차 주지 않고 다음 지역으
로 이동해 나갔다. 그가 향한 곳은 헬 나이트들과 대적하고
있는 플람베르 가문과 굴카마스 가문의 기사들이 있는 곳이
었다. 이 정도면 자신이 아니더라도 처리할 사람이 널렸기 때
문이었다.

그 와중에 그는 힐끗 길버트가 있는 곳을 쳐다봤다. 이곳
에서 가장 강력한 사람은 자신이 아니라 바로 자신의 아들이
었다. 그리고 그 아들이 상대하고 있는 자는 자신과 버금가는
무력을 가지고 있었다.

아무리 자신의 아들이 강하다고는 하나 아비로서 아들을
걱정하는 건 당연했다. 그러다 문득 이그니스 플람베르는 고
소를 머금었다. 한때 자신은 아들이 강하게 크길 바라며 스

스로 정을 끊었던 적이 있으니까 말이다.

모든 것은 시기가 있는 법이거늘, 그 시기를 제대로 활용하지 못한 자신이었다. 하지만 자신의 아들은 한때 방황하긴 했지만 자신의 생각보다 훨씬 더 훌륭하게 자라 지금의 상황을 주도적으로 이끌고 있었다.

스스로 가장 강력한 자를 묶어둠에 따라 다른 이들의 움직임을 자유롭게 해주고 있었다. 응당 가주로서 혹은 사내로서 혹은 기사로서 자신이 해야 할 일에 최선을 다하고 있었다. 그러하기에 가슴 깊은 곳에서 뿌듯함이 올라오고 있었다.

"자네 손자가 참으로 대단하이."

굴카마스 가문의 전대 가주이자 지황 카푸트 굴카마스가 부럽다는 듯이 입을 열었다. 그에 염제 플레이마누스 플람베르는 자랑스러운 얼굴이 되어 고개를 끄덕였다.

"당연하지. 누구 손자인데……."

하지만 그도 알고 있었다.

자랑스럽게 말하고 있지만 자신이 자신의 손자에게 해준 건 아무것도 없었다는 것을 말이다. 그저 가문을 위했을 뿐. 그래서 미안했다. 자신의 아들에게 미안했고, 손자에게 미안했다. 그들을 볼 면목이 없었다.

하지만 자신의 아들과 손자는 자신을 용서했다. 자신 같았으면 용서하지 못했을 것 같은데 이 잘난 아들놈과 손자 놈은 자신을 용서했다. 아마도 지황 카푸트 굴카마스가 부러워하는 것은 손자의 무력이 아닌 그 넓은 이해력과 포용력일지도 몰랐다.

그들이 싸움 중에 이렇게 여유롭게 대화할 수 있는 것은 바로 길버트의 친우인 용병왕 덕분이었다. 원래는 이들 모두 그레이트 소드 마스터에 머물렀을 것이다. 하지만 그와의 대련 이후 그들은 벽을 허물고 그랜드 소드 마스터에 오를 수 있었다.

플레이마누스 플람베르는 기실 자신의 아들놈 역시 벽을 허물고 인피니티 소드 마스터가 되지 않을까 기대했다. 하지만 인간의 한계를 벗어나는 인피니티 소드 마스터의 벽은 견고하여 아들놈은 그 벽을 허물지 못했다.

하지만 손자 놈은 달랐다.

'어디서 그런 별종이 태어났는지…….'

그는 슬며시 만족스러운 웃음을 지을 수밖에 없었다. 하지만 마냥 그럴 수는 없었다. 강력한 힘이 주어졌다는 건 그만큼 힘에 대한 의무도 지어야만 한다는 것을 오랜 삶 속에서 깨달았기 때문이었다.

쿠우웅!

그때 그의 귓가로 형언할 수조차 없을 정도의 둔중한 소리가 들려왔다. 그는 자신을 향해 공격해 들어오는 두 기의 헬 나이트를 가볍게 소멸시키고, 다음 헬 나이트를 찾아 움직이며 흘깃 소리가 난 쪽을 훑었다.

그의 눈에는 뿌듯한 자부심과 함께 형언할 수 없는 승부욕이 깃들어 있었다. 그와 동시 들려오는 답답한 신음성.

"쿠후욱!"

즈지지직!

그 주인공은 바로 폰스 포세이두스였다.

그는 답답한 신음성과 함께 길버트의 강력한 일격을 흘리지 못하고 바닥에 긴 고랑을 만들며 밀려나 있었다. 그런 그의 입가에는 가느다란 핏물이 흘러나오고 있었다. 잠시 들끓는 기혈을 수습한 그가 입가에 흘러내리는 핏물을 닦아내며 허리를 폈다.

"대단하군."

"그래도 내가 좀 많이 젊으니까."

"그놈 참 끝까지 공경심 없는 말을 하는구나."

"세상을 파멸의 구렁텅이로 몰아넣는 놈에게 굳이 그럴 필요성을 못 느껴서 말이지."

"어차피 세상은 약육강식인 것을."

"그 말은 바로 기사의 도를 저버리는 말이라는 것을 알고 있지?"

"물론 알고 있다."

"그렇다면 연장자로서 대우하지 않는 나를 탓할 이유는 없지."

"그렇다고는 하지만 여전히 기분이 나쁜 것은 사실이로군."

"알량한 과거는 잊으라고. 당신과 나는 그저 상대의 심장에 검을 겨눈 적일 뿐이야."

"냉정한 말이로군."

"내가 약했으면 하지 못할 말이지."

"그 또한 그렇군."

그러면서 폰스 포세이두스는 주변을 한번 휘둘러 봤다. 어느새 전세는 점점 포세이두스 가문에 불리하게 돌아가고 있었다. 압도적으로 승리할 것이라고 생각했다. 한데 막상 뚜껑을 열어보니 자신은 그저 우물 안의 개구리였다는 것에 쓴웃음이 지어졌다.

세상 그 어떤 가문도, 어떤 세력도 자신의 가문을 감당할 수 없을 것이라 여겼다. 하지만 그것은 자신만의 착각이었다. 당장에 자신의 눈앞에 있는 어린놈만 봐도 그렇다. 그저 평범하기 그지없었다.

그러함에도 불구하고 자신의 전력을 다한 일격을 너무나도 쉽게 무산시키고 자신에게 일격을 가하고 있었다. 그것은 바로 이 애송이 놈이 자신보다 더 높은 경지의 무력을 가지고 있다는 것을 의미했다.

'인피니티 마스터라니… 오로지 아버지와 창왕께서만 오른 경지라고 생각했거늘.'

뒤늦은 후회가 거칠게 밀려왔다.

상대를 너무 경시한 자신의 탓이 컸다.

그리고 이 애송이 놈뿐만 아니었다. 과거에 항상 자신과 비견되며 한 발짝 앞서갔던 경쟁자이자 친우였던 이그니스 플람베르. 자신이 그랜드 소드 마스터에 오른 이후 그 또한 자신의 발아래 놓을 수 있다고 생각했다.

하나 아니었다.

그 또한 자신만의 착각이었다.

그를 제외하고도 전전대 가주, 굴카마스 가문의 전대 가주 모두가 그랜드 소드 마스터였다. 당대의 가주마저도 그레이트 소드 마스터였다. 이 상황에 폰스 포세이두스는 헛웃음이 지어졌다.

소드 마스터조차 지극히 귀한 시대였다. 그런데 그레이트 소드 마스터와 그랜드 소드 마스터가 갑자기 도처에 널리기 시작했으며, 인피니티 마스터마저 벌써 세 명이나 있었다. 어둠의 힘이 강성해져서 어둠에 귀의했다.

하지만 어둠이 강해지는 만큼 밝음 역시 강성해졌다. 그 이치를 알고는 있었으나 깨닫지는 못했다. 아련하게 그러지 않을 것이라 여기고 있었다. 하지만 세상은 반드시 그 반대급부를 제공했다.

바로 지금처럼 말이다.

어둠의 힘이 하늘 끝까지 다다르자 그 어둠을 누르기 위해서 하늘 위에서 밝음이 퍼져 나오고 있었다. 도저히 상대할 수 없는 거대한 힘으로 말이다. 그래서 그는 쓴웃음을 지을 수밖에 없었다.

'이것으로서 에퀘스의 성역은 무너지는 건가?'

후회가 남았다.

하지만 후회란 놈은 아무리 빨라도 늦는 법이었다. 그에 폰스 포세이두스는 가볍게 얼음처럼 투명한 대검을 휘둘러 무언가를 털어냈다. 아마도 그 자신의 잡념일 것이다.

"용서할 수 없겠지?"

"세상에 용서할 수 없는 것은 없지."

"용서할 수 있다?"

"뭐, 용서고 뭐고 할 게 있나? 당장 포세이두스 가문에 저지른 극악한 일이 없잖은가? 단지 가문 내에서 가문의 사람을 희생시켰을 뿐."

"그러한가?"

"하지만 그 일을 덮을 수는 없겠지. 우선은 흑마법사와 손을 잡았다는 것과 그들의 꼬임에 넘어가 피를 흘렸다는 것에는 말이지."

"책임을 져야 한다는 말이로군."

"어른이라면 자신이 행한 행동 모두에 책임이 따른다는 것 정도는 알잖은가?"

"물론!"

"책임을 주지 않으면 사람들은 도덕적으로 해이해지게 마련이지. 그걸 막기 위해서라도 반드시 책임을 물어야 하겠지."

"그래, 그렇지. 본가에는 네놈 또래의 내 아들이 있다."

"들은 적 있군."

"책임은 여기 있는 이들에게 한정할 수 없는가?"

"그것은 가문에 남아 있는 당신 아들의 현명함에 달렸다고 보는데?"

"…결국 멸문으로 가는 것인가?"

"당신이 택한 길이야."

"그것은……."

자신의 아버지 때문이라고 항변하고 싶었다. 하지만 차마 입 밖으로 낼 수 없었다. 자신 역시 아버지의 생각에 동조했고, 힘에 굴복하고, 새로 얻은 힘에 취해 자존만대했으니 말이다.

"어쨌든 끝을 봐야 하겠지."

"그야 물론."

둘의 기세가 바뀌기 시작했다. 폰스 포세이두스는 언제 피를 흘렸나 싶을 정도로 회복되었다. 그의 대검은 새하얀 빛을 내며 그의 주변에 수십 개의 분신을 만들어내더니 종내에는 하나의 꽃이 되어 바로 빙화가 피기 시작했다.

그에 길버트 역시 가만히 있지는 않았다. 폰스 포세이두스가 만들어낸 빙화와 똑같은 오러 플라워를 만들어내기 시작했다. 그것은 폰스 포세이두스보다 더 작았고, 단순했으며 꽃 그 자체처럼 보였다.

폰스 포세이두스의 얼굴이 더욱 굳어졌다. 자신은 그랜드 소드 마스터이다. 어렵게 그리고 고난의 시간을 보낸 후 얻어낸 것이다. 물론 흑마법의 힘으로 그 시간을 단축시키기는 했지만 말이다.

그런데 자신의 아들뻘 되는 자가 이미 자신의 경지를 넘어서 있었다. 이것은 확실했다. 오러 플라워의 크기가 자신의 것보다 작다는 것과, 그 개수가 자신의 것의 두 배에 해당되는 것을 보면 말이다.

속으로는 믿을 수 없다는 말을 수도 없이 외치고 있었다. 이런 현실에서 벗어나고 싶었다. 그런 욕망을 억눌렀다. 그의 이마에는 굵은 땀방울이 맺히기 시작했다. 긴장한 것이다.

'이런 기분 참으로 오랜만이군.'

자신의 아버지와 죽음의 대련을 할 경우 느꼈던 그런 기분이었다. 그것은 그만큼 상대가 대단하다는 것을 의미했다. 두

렵고 무섭다. 하지만 물러설 수 없었다.

그의 손짓에 빙화가 하늘거리며 길버트를 향해 날아들었다. 그에 맞춰 길버트 역시 오러 플라워를 날려 보냈다. 그는 적극적이지 않았다. 그저 폰스 포세이두스가 하는 것에 맞춰서 행동할 뿐이었다.

그 이유는 명백했다.

포세이두스 가문의 가주인 그를 이곳에 잡아두기 위해서였다. 전투를 함에 있어 그의 일성이 울려 퍼지는 것과 그렇지 않는 것과는 천양지차라 할 수 있었다. 전투에 있어서 그만큼 최고의 자리에 있는 자의 역할과 존재감은 대단한 것이었으니까 말이다.

그와 더불어 폰스 포세이두스의 신경을 오로지 자신에게 집중시켜야 했다. 전투에 개입할 상황을 아예 없애 버리는 것이다.

콰아앙! 콰쾅! 콰앙!

연달아 주변을 울리는 폭음이 들려왔다.

빙화와 오러 플라워가 부딪혀 박살 나며 폭발음을 내고 있었다. 하나의 빙화가 터져 나갈 때마다 폰스 포세이두스의 얼굴을 급격하게 어두워졌다. 원래라면 폭발에도 그 어떤 타격이 없어야만 정상이었다.

그런데 아니었다.

폭발과 함께 그 폭발을 상쇄시키지 않으면 그것이 그대로 자신에게로 돌아오고, 내부를 진탕시키면서 마나의 원활한 흐름을 방해하고 있었다. 처음엔 그저 무시할 정도였지만 그 타격이 중첩되면서 점점 커지고 있었다.

빙화로 상대를 공격하면 공격할수록 낭패할 수밖에 없었다. 무언가 특단의 조치를 강구해야만 했다.

"하아압!"

그는 길게 기함을 넣으면서 얼음 대검을 들어 두 손으로 잡아 세웠다. 그에 그의 주변을 떠돌던 빙화가 하나씩 그의 얼음 대검으로 모여들었고, 그의 얼음 대검은 조금씩 크기가 줄어들면서 더욱더 강력한 냉기를 뿜어내기 시작했다.

쩌저저적!

그러면서 그의 손과 팔도 얼음이 되어갔고, 종내에는 그의 전신이 얼음이 되어버렸다. 길버트는 그가 최후의 일격을 준비한다는 걸 알고 오러 플라워를 한데 모으지 않고 더욱더 많이 불러내 그 어떤 것도 파괴하지 못할 오러의 벽을 만들어냈다.

"크와악!"

커다란 함성을 지르며 얼음 대검을 아래에서 위로 그어 올리고, 좌에서 우로, 우하에서 좌상으로, 아래에서 위로, 우에서 좌로, 좌하에서 우상으로 한 번, 두 번, 세 번… 그리고 수십 번을 그어내는 폰스 포세이두스.

그에 그의 오러 블레이드 수십 수백 개가 길버트의 전신 요혈을 노리며 달려들었다.

쾅아앙!

부딪히고 폭발했다.

쾅아앙! 쩌저저적!

폭음이 들려왔고 균열이 발생했다.

쩌억!

균열이 마침내 폭발로 이어졌다. 하지만 다시 새로운 방어막이 발생해 균열이 발생한 곳을 막아냈다. 그 방어막 안에 있는 길버트는 그저 무표정하게 자신의 방어막을 두드리는 폰스 포세이두스를 바라볼 뿐이었다.

"참으로 아쉽구나."

길버트는 한탄했다.

아쉽고 또 아쉬웠다.

흑마법에 의한 것이지만 그랜드 소드 마스터였다. 제국의 역사와 함께했고, 에퀘스의 성역을 이룩한 일곱 개의 가문 중 하나인 포세이두스 가문이었다. 그런데 어쩌다 어둠에 물들어 버린 것일까?

그것은 수십 년 동안 고착되어 온 성좌의 구분 때문일 것이다. 애초에 그럴 의도는 없었지만 인간이란 경쟁과 순위에 집착하는 면이 있어서 부단히도 그 순위를 올리기 위해 노력했다.

애초에는 최선을 향한 경쟁이었다.

하지만 그 최선이 점점 극으로 치닫게 되고, 목적이 수단을 정당화하게 되었다. 그 결과가 지금과 같은 것이었다. 향후 에퀘스의 성역은 다시 재편될 것이다. 포세이두스 가문이 멸문한다고 해서 에퀘스의 성역이 사라지는 것은 아니다.

다시 새로운 성좌가 생성될 것이다.

다시 일곱 개의 성좌가 만들어질 것이고 선의의 경쟁을 하게 될 것이다. 하지만 그러기 위해서는 많은 시간이 흐를 것이다. 그러는 동안 제국에 미치는 에퀘스의 성역의 힘은 그만큼 약해질 것이다.

하지만 그것은 감수해야만 했다.

그래서 아쉬웠다.

그 길고 지난한 시간이 아쉬웠다.

자신의 대에서는 그리 약화되지 않을 것이다. 자신이 존재하니까. 그리고 용병왕의 하나뿐인 친구라는 배경이 작용해서 말이다. 하지만 자신의 대가 넘어서면? 그동안 에퀘스의 성역은 얼마만 한 성세를 회복할 수 있을까?

그것은 모를 일이었다.

그리고 귀족들이나 제국이 에퀘스의 성역을 무시하지 못한다는 것은 자신의 가문과 온전하게 살아남은 가문인 굴카마스 가문의 무력 때문이지 에퀘스의 성역 전체의 힘 때문은 아닐 것이다.

그래서 아론에게 부탁하여 최대한 에퀘스의 성역의 힘을 남겨주기를 청했다. 덕분에 두 개 가문이 멸문되고, 두 개의 가문이 봉문당했다. 길버트의 청이 아니었다면 일곱 개의 가문 중 네 개의 가문이 멸문당했을 것이다.

그래서 아쉽다고 한 것이다.

자신이 조금만 더 신경을 썼다면 이렇게 되지 않았을지도 몰랐다. 포세이두스 가문의 가주가 그랜드 소드 마스터에 오른 것은 아무리 흑마법에 의한 것이라고는 하지만 결국 그의 자질이 뛰어났기 때문이라 할 수 있었다.

그러한 그가 욕심을 조금만 버렸다면, 자신이 조금만 더 발빠르게 움직였다면 돌이킬 수 있었을 거라고 생각했다.

'엎질러진 물은 다시 주워 담을 수 없다.'

그때 그의 뇌리로 전달되어 온 목소리.

바로 아론이었다.

'왔구나.'

'그래, 왔다.'

'좀 일찍 오지.'

'내가 놀다 온 것은 아니다만?'

'알지, 알아.'

'알면서 그런 알량한 소리를 내뱉는 이유가 대체 뭐지?'

'그냥. 너밖에 하소연할 사람이 없었다.'

'그거 악취미다.'

'그런데 나서지 않는 것이냐?'

'내가 나서지 않아도 될 것 같구만, 뭐.'

'피해를 줄여야지.'

'아니, 스스로 해결해야 한다.'

'…동의는 한다만.'

'그러면서 무슨 나에게 손을 벌리냐. 그랜드 소드 마스터를 만들어주고 인피티니 소드 마스터를 만들어줬으면 됐지.'

'줄 때는 홀딱 벗고 주라며?'

'이 정도면 홀딱 벗은 거 아니냐? 거죽까지 벗으랴?'

'됐다, 이놈아.'

'나 원 참. 누가 들으면 내가 악덕 상단주인 줄 알겠다.'

'……'

말이 없는 길버트.

'삐진 거냐?'

'아니.'

'삐진 거 맞는데?'

'아니다.'

'에이, 삐졌네. 삐졌어.'

'아니라니까.'

'아니면 아니지 화를 낼 필요까지는 없지. 그러니까 더 이상 하네.'

'에이 씨, 하여간 너하고 말을 하면 혈압이 끓어오른다.'

'인피니티 소드 마스터가 끓어오를 혈압이라도 있디?'

'나도 사람이다만?'

'누가 그러디? 그랜드 소드 마스터만 되어도 인간의 범주를 벗어난 존재라고 하는데?'

'어우~ 말을 말자, 말을.'

'어여 끝내보라고. 시간 끌면 피해는 더욱 커질 테니까.'

'알았다. 알았어.'

말은 그렇게 했지만 길버트는 아론이 고마웠다. 농담처럼 한 한마디가 자신의 긴장감과 죄책감을, 그리고 아쉬움을 털어내 주고 있었다. 그리고 전투에 참여하지 않은 것은 그를 위해서가 아니라 자신을 위해서라는 것도 말이다.

에퀘스의 성역 내부의 일은 그 내부 당사자들이 해결하는 것이 옳았다. 타인의 힘을 끌어 쓰지 않고, 자신들 힘으로 모든 상황을 결정지었기에 자신들이 피를 흘려야 했다. 타인의 피가 아니라.

누가 들으면 친구의 불행을 두고 지극히 냉정하다 할지 몰라도 아론이 그렇게 행동하는 이유가 있었다. 바로 힘들게 얻는 자유와 평화만이 오래 가고 탐욕을 경계하기 때문이었다. 그래서 진즉에 도착했는데도 불구하고 그는 전투에 참여하지 않았다.

길버트의 방패가 붉게 달아오르기 시작했다. 그리고 마침내 백색을 넘어 투명할 정도의 푸른 청색이 되었고, 그가 휘두르는 플레일도 세 가닥의 끝이 보이지도 않을 정도로 빠르게 움직이기 시작했다.

쿠후후후웅!

둔중한 공기의 파열음이 들려왔다.

"큭!"

그에 폰스 포세이두스는 나직하고 답답한 신음을 흘렸다. 마치 거대한 벽을 두드리는 것 같은 느낌을 받았고, 느껴지는 반탄력에 이를 악물 수밖에 없었다. 그의 떨리는 시선은 정면을 향했고, 그의 눈은 찢어질 듯 부릅떠졌다.

거대하고 푸른 청색의 벽이 자신을 향해 쇄도하고 있었다. 자신이 쏘아 보낸 수없이 많은 얼음의 검을 파괴하면서 말이다.

"크아악!"

이 상황을 파훼하기 위해 함성을 내질렀다.

쩌저적!

그를 주변으로 얼음이 얼기 시작했으며, 북풍한설이 매섭게 몰아치기 시작했다. 세상 모든 것을 얼려 버릴 듯이 말이다. 하지만 그것조차 별무소용이었다. 거대한 청색의 벽은 결코 흔들림 없이 전진하면서 자신이 만들어낸 빙한의 지역을 거침 없이 파괴하고 녹여 버렸다.

"크아악!"

다시 함성을 내질렀다.

그의 투명한 백색의 몸체에서 검붉은 핏물이 고드름이 되어 굴러떨어졌다. 제멋대로 내장이 토막 나고 있었다. 그래도 견뎠다. 플람베르 가문의 당대의 가주를 죽일 수 있다면 이보다 더한 것도 할 수 있었다.

그때 번개보다 빠른 청백색의 무언가가 꿰뚫고 지나갔다.

"흡!"

순간 폰스 포세이두스의 눈이 찢어질 듯 부릅떠졌다. 그리고 굳게 다물어졌던 입이 서서히 열리면서 그대로 모든 행동을 멈춘 채 길버트를 바라봤다.

"어… 떻… 게?"

"……."

그의 물음에 답을 하지 않은 길버트. 그는 그저 이해할 수 없다는 표정을 짓고 있는 폰스 포세이두스의 얼굴을 냉정하게 바라볼 뿐이었다.

"안… 돼애!"

그 순간 누군가 울부짖었다.

바로 포세이두스 가문의 책사인 빅토르 페구에르였다. 어떻게 해서든지 현재의 상황을 벗어나기 위해 노력을 했다. 하지만 쉽지 않았다. 그런 와중에 그는 볼 수 있었다. 이 모든 상황의 구심점인 가주의 죽음을 말이다.

그는 분노하여 그를 향해 달려가려 했다.

하나 불행히도 그의 앞길을 막는 자가 있었으니 바로 이그니스 플람베르였다.

"그들의 일은 그들에게 맡겨두는 것이 좋지."

"비키시오!"

"그건 조금 어렵겠군."

"비킬 수 없다면……."

"죽이는 수밖에."

이그니스 플람베르가 빅토르 페구에르의 말을 대신해 줬다.

쾅!

그 말과 동시 어둠을 뚫고 날카로운 창이 날아와 이그니스 플람베르를 공격했으나 그는 아주 가볍게 어둠의 창을 피해냈다. 하지만 어둠의 창은 하나만 존재하는 것이 아니었다. 물론 이그니스 플람베르의 검 역시 하나만 존재하는 것은 아니었다.

가볍게 통과할 것이라고 생각했던 이그니스 플람베르.

하나 그조차도 쉽게 통과할 수 없었다.

"다크 필드!"

어둠의 지역을 소환했다.

"볼케이노 익스플로젼!"

어둠의 대지에 용암의 폭발이 일어났다. 그리고 어둠의 대지를 불태워 소멸시켜 버렸다. 그에 빅토르 페구에르의 눈가가 잘게 떨렸다.

"괜히 자네의 앞길을 막은 것이 아니네."

"하아~"

이그니스 플람베르의 말에 긴 한숨을 내쉬는 빅토르 페구에르. 그는 이미 상황이 끝났음을 직감했다. 그 무엇으로도 지금의 상황을 호전시킬 수 없는 것이 명백했기 때문이었다. 그는 허탈하게 전장을 둘러보았다.

믿었던 헬 나이트와 헬 매지션이 제대로 된 역할조차 하지 못한 채 소멸되어 사라지고 있었다. 가병들의 얼굴은 절망에 차 있었고, 가문의 기사들과 마법사들은 상황이 탐탁지 않음에 얼굴을 딱딱하게 굳히고 있었다.

그럼에도 불구하고 그들은 물러나지 않았다. 그들도 알고 있었던 것이다. 이곳에서 패한다면 더 이상 포세이두스 가문은 존재하지 않는다는 것을 말이다. 그런 그들을 바라보던 빅토르 페구에르의 시선이 다시 이그니스 플람베르를 향했다.

"완벽했소. 그런데 도대체 어디서부터 잘못된 것이오."

"용병왕!"

"…역시!"

어느 정도 짐작했다는 듯이, 아니, 자신의 마음속 깊은 곳에서 존재했던 한 줄기의 불안감을 확인한 듯한 얼굴이 된 빅토르 페구에르.

"어쩌면 그분께서는 잘못된 선택을 한 것일지도 모르겠소."

"아마도 그럴 것이네. 그가 아니었다면 나는 그랜드 소드 마스터가 되지 못했을 것이고, 본 가문의 당대의 가주 역시 인피니티 소드 마스터가 되지 못했을 것이니 말이네."

"그는 이미 알고 있었던 것이군요."

"어쩌면."

"하아~ 하, 하, 하."

허탈하게 어두운 하늘을 보며 웃어 보이는 빅토르 페구에르.

그러다 그는 두 손을 들어 올리며 외쳤다.

"다크 헬……!"

순간 그의 전신이 검푸른 화염을 휩싸였다. 마지막 한 수로 그의 목숨을 재물로 하여 9서클의 대마법을 실행시키려 했다. 그에 이그니스 플람베르는 들고 있던 검을 집어 던져 버렸다.

검은 정확하게 그의 심장과 목젖 그리고 입으로 파고들었다.

"끄륵!"

가래 끓는 소리가 들려왔다.

화르르륵!

그리고 검푸른 화염과 청백색의 화염이 그를 집어삼켜 버렸다. 이그니스 플람베르는 무표정하게 빅토르 페구에르를 향해 집어 던진 검을 회수했다.

"잘 가게."

그 말과 함께 이그니스 플람베르는 몸을 돌려세웠다.

CHAPTER 7

끝을 향한 마지막 안배

어둠이 가득한 곳.

뚜벅! 뚜벅! 뚜벅!

날카로운 발소리가 어둠 가득히 울려 퍼졌다.

처적!

"누구냐?"

어둠 속을 지키고 있던 경비병이 날카로운 창을 앞으로 내리며 어둠 속에 잠겨 걸어오고 있는 자를 제지했다. 그자는 상당한 키를 자랑했고, 어둠과 같은 짙은 검은색의 로브를 입고 있었으며, 얼굴을 감출 정도로 깊숙하게 후드를 눌러쓰고 있었다.

　그런 로브인이 무언가를 꺼내기 위해 로브의 소매에 손을 집어넣으려 하자 날카로운 창이 그의 목과 심장을 노렸다. 그에 로브인은 손을 멈췄고, 어둠 속에서 칠흑의 풀 플레이트 메일을 입은 기사가 모습을 드러냈다.

　헬름을 깊숙하게 눌러쓴 건지 어떤 마법적인 장치를 한 것인지 헬름 내부는 그저 검은색으로 얼굴을 알아볼 수 없었다. 그 칠흑의 풀 플레이트를 입은 기사는 로브인의 소매를 뒤져 무언가를 꺼내며 고개를 끄덕였다.

　그리고 신형을 돌려 원래의 자리로 돌아갔고, 경비병들은 창을 거둬들였다.

　"시간은 1시간이다."

　"알고 있소."

　"통과!"

　그리고 경비병과 기사가 어둠 속으로 물러났다. 그들이 물러난 것을 확인한 로브인이 걸음을 옮겼다.

　끼이이익!

　두텁고 녹슨 철문이 열렸다.

　그 안으로부터 음습하고 퀴퀴한 냄새가 훅하고 밀려들어왔다. 이 세상에 존재하는 온갖 더러운 냄새는 모두 섞여 있는 것 같았다. 문 앞에서 잠시 망설이던 로브인은 다시 걸음을 옮겨 철문 안으로 걸음을 옮겼다.

뚜벅! 뚜벅!

로브인의 발소리가 메아리가 되어 길고 긴 복도에 울려 퍼졌다.

"흐으으~"

그에 양쪽으로 주욱 늘어선 감옥에서는 알 수 없는 신음과 같은 울음소리, 혹은 웃음소리가 흘러나왔다. 하지만 후드 로브인은 전혀 신경 쓰지 않는 듯이 걸음을 계속 옮겼고, 한참을 안으로 들어갔다.

그리고 마침내 막다른 곳에 도달했을 때 다른 감옥보다 더 음침하게 보이는 곳에서 걸음을 멈췄다. 로브인은 잠시 녹슨 철문을 뚫어지게 바라본 후 문고리를 잡고 잡아당겼다.

끼이이익!

쿠우우웅!

기이한 마찰음을 내면서 육중한 철문이 열렸고, 그 안에서는 온갖 오물 냄새가 훅 뿜어져 나왔다. 그 냄새 탓인지 후드 로브인의 로브가 흔들렸으나 후드 로브인은 안으로 발걸음을 옮겼다.

찌걱!

하지만 발을 들이자마자 그의 발아래서 무언가 밟히는 것을 느꼈다. 후드 로브인은 살짝 고개를 내려 그것을 본 후 나직하게 한숨을 내쉬며 살짝 몸을 허공에 띄웠다.

　스르르.

　로브인의 신형이 미끄러지듯 감옥 내부의 벽면으로 향했다. 그리고 그가 멈춰 섰을 때 어둠 속에서 꿈틀거리고 있던 자가 고개를 끄덕였다. 그자의 머리카락은 회색으로 치렁하게 늘어뜨려졌고, 그 옆엔 치우지 못한 오물이 켜켜이 쌓여 있었다.

　꾸물꾸물.

　그리고 그 오물 속에서 태어난 구더기가 살아 움직이며 팔다리와 허리가 쇠사슬에 묶여 있는 사내의 발을 타고 오르고 있었다. 그에 로브인은 가볍게 손을 휘저었다. 그러자 쇠사슬에 매달린 사내의 발을 타고 살을 파먹던 것들이 후두둑 소리를 내며 떨어져 내렸다.

　동시에 음습하고 퀴퀴하고 썩은 온갖 더러운 것들이 단숨에 사라지고 청량하게 변했다.

　"으으음!"

　쇠사슬에 매달린 사내는 나직하게 신음을 흘리며 푹 숙이고 있던 고개를 들어 올렸다. 노쇠하고 탁한 그 눈동자에는 고집스러움이 담겨 있었다.

　"오… 랜만이로군."

　"그동안 격조했습니다."

　"그… 렇군. 그런데……."

"만족할 만한 소식이 있습니다."

"만족할 만한 소식이라……."

서로 말을 주고받으면서 로브인은 연신 쇠사슬에 매달린 사내의 가슴에 손을 가져다 대고 있었다.

"그만두게. 소용없는 것을."

"제가 하고 싶어서입니다. 렘스덴 님은 이런 처우를 받아서는 절대 안 되는 분이십니다."

"그건 자네의 생각일 뿐이네."

"아닙니다. 많은 이가 저와 같은 생각을 하고 있습니다."

"하나 그자는 너무 강하네. 이런 저주를 받은 자는 나 혼자면 그만이네."

"아닙니다. 세상은 분명 그자를 그대로 두지 않을 것입니다."

"세상, 세상이라… 이미 4백 년의 시간이 흘렀네. 그동안 세상은 그자의 진실한 면모를, 그자의 어둠의 손을 밝혀내지도, 감당하지도 못했네."

"아닙니다."

"무슨……."

후드 로브인의 말에 쇠사슬에 매달린 자는 무언가 깊은 뜻이 있음을 알고 되물었다.

"그의 계획이 깨지고 있습니다."

"깨지고 있다?"

"그렇습니다."

"어떻게?"

"세상에 용병왕이 모습을 드러냈습니다."

"용병왕? 하지만……."

"제국의 황제는 용병왕을 인정했고, 에퀘스의 성역과 바벨의 탑과 같이 그들만의 땅인 용병들의 대지를 인정했습니다."

"놀… 라운 일이로군. 모래와 같던 용병들을 한데 모으고 제국의 황제로부터 인정을 받다니. 하지만 그것은 놀라운 일일 뿐 그자를 막는 데는 어려운 일이야."

"아닙니다."

"아니다?"

"그가 그자의 모든 것을 허물고 밝혀내고 파훼하고 있습니다."

"그것이 무슨……."

"제국의 황실 마탑의 마탑주인 라이언 베나비데스 제2공작이 죽음을 맞이하고 그를 따르는 귀족파의 귀족들이 모두 실각했습니다."

"그가 죽었다고?"

"그렇습니다."

"하지만 그를 따르는 자들이 많네. 실각했다고는 하나 그자의 손아귀는 결코 쉽게 벗어날 수 없네."

"말이 실각이지 실제적으로 일소되었다고 봐도 됩니다."

"그러기는 힘들 터인데 어떻게?"

"황제와 데이브 바티스타 제1공작 그리고 용병왕이 손을 잡았습니다."

"허어~ 그럴 수가."

잠시간 둘의 대화가 끊어졌다. 그리고 먼저 입을 연 것은 바로 쇠사슬에 매인 노쇠한 자였다.

"하지만 그렇다 하더라도……."

"제국 전역에 몬스터들의 침공이 있었습니다."

"역시……."

"그중 오크족이 각성해 새로운 종족으로 자리 잡았습니다."

"그 말은?"

"몬스터의 침공을 그들이 주도했다고 할 수 있습니다."

"역시 그자의 마수가 거기까지 뻗친 거로군."

쇠사슬에 매인 자는 한탄을 했다.

"그래서 어떻게 되었나?"

"처음엔 힘이 약해진 제국이 압도적으로 밀리는 것 같았으나 이내 반전돼 지금은 제국에서 몬스터의 침공을 진화하고 귀족들은 하나가 되어 잔당들을 처리하고 있습니다."

"어떻게 그럴 수가?"

"용병왕이 그것을 가능케 했습니다."

"용병왕이?"

"그렇습니다."

"아무리 그렇다 하더라도 아직 세력조차 제대로 갖춰지지 않았을 터인데?"

"그럼에도 불구하고 용병왕은 용병들을 기민하게 움직여 제국 곳곳에서 귀족들을 도와 몬스터의 침공을 막아내는 데 성공했습니다. 그로 인해 용병들의 위상의 빠르게 상승했다 할 수 있습니다."

"그렇겠군. 하지만 아직 그자의 마수는 거기에 그치지 않았을 터인데?"

"에퀘스의 성역에 균열이 발생했습니다."

"그렇겠지. 그자의 욕망을 채우기 위해서는 필수 불가결한 수이니까. 그 결과는 어떻게 되었나."

"봉합되었습니다."

"봉합?"

"그 또한 용병왕의 개입이 있었습니다. 그는 두 개의 가문을 봉문시켰고, 그자의 하수인이라 할 수 있는 헤일로스 포세이두스와 비엔토 스피리투스 그리고 그들의 가문을 멸문시켰습니다."

"그것이 정말인가?"

"그렇습니다."

"어떻게 그럴 수가……."

"변수가 생긴 겁니다. 그자의 오랜 마수에 저항할 수 있는, 그리고 그자의 독주를 막아낼 수 있는 절대적인 변수가 발생한 것입니다."

"그 변수… 믿을 만한가?"

"믿을 만합니다."

"그것을 어떻게 확신하는가?"

그때 로브인의 등 뒤로부터 무언가 일렁이면서 서서히 형태를 갖추기 시작했다. 그에 따라 쇠사슬에 매달린 자의 눈은 잘게 떨리며 서서히 커지기 시작했다. 이곳은 허락된 사람을 제외하고는 그 누구도 마법을 사용할 수 없었고, 무기 역시 지참할 수 없었다.

그런데 지금 자신의 눈앞에 있는 로브인은 마법을 사용했다. 공간을 뚫고 또 다른 사람이 모습을 드러냈다. 그제야 쇠사슬에 매달린 사람은 자신이 인지하지 못하고 있는 일이 일어나고 있음을 깨달았다.

"어떻게?"

"이제 아셨습니까?"

"이제 알았네. 어떻게 이럴 수 있나? 내가 알기로는 이곳은 허락된 자 이외에는 들어설 수 없고, 마법은 물론 마나조차 사용할 수 없거늘."

"그 불가능이 지금 가능하도록 변했습니다. 그 덕분에 제가
마법을 사용할 수 있었습니다."

쇠사슬에 매달린 자.

그자는 말없이 자신의 앞에 선 로브인과 이제는 완연하게
모습을 드러낸 자를 번갈아 바라볼 뿐이었다.

"반갑소. 불의 마탑의 전대 마탑주인 페인터즈 렘스덴."

"나를… 알고 있소?"

"물론."

"당신은 누구요."

"용병왕 아론이오."

"용병왕?"

"그렇소."

"당신이 어떻게?"

그러면서 페인터즈 렘스덴의 시선이 로브인에게로 향했다.
그의 시선을 받은 로브인은 고개를 조심스럽게 고개를 끄덕였
다.

"자네가 용병왕을 이리로 인도했나?"

"그렇습니다."

"어찌 그런 일을……."

"위험하나 모험을 하지 않을 수 없었습니다."

"어째서? 스스로 죽고자 한 것인가? 그는 이곳에 와서는 아니 되네. 자네는 불의 마탑의 서고를 관리하는 자로서 나에 대한 모든 일거수일투족을 기록해야 할 의무가 있기에 출입이 가능한 것이네."

"물론 그렇습니다."

"어서 돌아가게."

"그렇게 걱정하지 않아도 되오."

"이미 그들은 알고 있을 것이오."

"아니, 그들은 모를 것이오."

"그게 무슨."

"이곳은 이미 공간이 분리되었기 때문이오."

"공간을 분리하다니… 그게 무슨."

"난 공간을 분리할 수 있소."

"그런……"

"누구에게도 없는 능력이지요. 심지어는 마법사들조차도 쉽지 않고, 그자 역시 다루기 힘든 것이지요."

"……"

용병왕 아론의 말에 페인터즈 렘스덴은 잠시 침묵했다. 그는 불의 마탑의 전대 탑주였다. 안드레이 치카틸로 루케디스가 마탑주를 무력으로 차지한 후 마탑의 최후의 비밀을 내놓지 않는 자신에게 불사의 저주를 걸어 이곳에 처박아놓았다.

주기적으로 고문을 하며 그를 괴롭혔다. 그 시간이 자그마치 4백 년이다. 그러는 와중에 어느 날 서고 관리자라 하여 새로운 이가 왔으니 그가 바로 눈앞에 있는 매니 파퀴아오였다. 처음엔 믿지 않았다.

자신의 입을 열게 하기 위해서 수없이 많은 고문과 수단을 동원했으니 그 또한 그들이 준비한 하나의 수라고 생각했었다. 하지만 오랜 세월이 지나자 매니 파퀴아오가 진정으로 마탑을 걱정하는 자라는 걸 알게 되었고, 당대의 탑주에 대한 모든 것을 알려주었다.

물론 자신만이 알고 있는 비밀은 발설하지 않았다.

그는 아직도 자신을 전적으로 돕고 있는 마탑의 서고 관리자인 매니 파퀴아오를 완전히 믿고 있지 않았다. 무려 50여 년 동안 자신을 돕고 있는 그조차도 말이다. 그런데 어찌 어느 날 갑자기 눈앞에 모습을 드러내 스스로 용병왕이라 칭한 자를 믿겠는가?

"당신이 용병들을 규합하고 제국을 위기에서 구했다는 용병왕이오?"

"그렇소."

"목적이 무엇이오."

"그자의 파멸? 그쯤으로 해둡시다."

"그 이후에는?"

"쉬어야지요."

"진심이오?"

"그럼 뭘 하겠소."

"권력에 관심이 없소?"

"관심을 가질 이유가 없소."

"왜 그렇소."

"골치 아프잖소?"

"그야……."

"안 아팠소?"

"…아팠소."

"그리고 그 권력 싸움에 밀려서 결국 이렇게 된 것이지 않소."

"그… 렇소."

"그런 걸 뭐 하러 가지란 말이오. 먹을 것도 아닌데 말이오."

"그 말 진심이오?"

"거짓말 같소?"

아론의 되물음에 그를 뚫어지게 바라보는 페인터즈 렘스덴.

무려 5백 년의 구차한 삶을 이어왔다. 1백 년은 마탑의 탑주로서 그리고 4백 년은 불사의 저주를 받은 자로서 비밀을 간직한 채 살아왔다.

　50년 동안 자신의 복권을 위해 수를 강구하던 매니 파퀴아오도 믿지 못했다. 왜냐하면 그는 너무 열정적이었기 때문이었다. 아무리 그가 외골수적인 마법사라 할지라도 50년간 한결같기는 정말 힘들었다.

　그런데도 매니 파퀴아오는 변하지 않고 한결같았다. 그 모습이 마음에 걸렸다. 그래서 그를 믿으면서도 경계를 게을리하지 않았다. 그것이 4백 년의 세월 동안 이곳에 갇혀 있으면서 터득한, 사람을 대하는 방법이었다.

　그런데 오늘 처음 본, 본 지 겨우 10분도 지나지 않은 사람이 진심을 논하고 있었다. 그에 페인터즈 렘스덴은 혼란스러울 수밖에 없었다. 그는 눈을 들어 아론의 눈을 응시했다. 하지만 그의 눈에서는 아무것도 발견할 수 없었다.

　"당신은……."

　"여유 있게, 여유 있게. 이곳을 감시하는 그 누구도 지금의 상황을 알 수 없을 테니까."

　"그걸… 어떻게 믿지?"

　"믿기 싫으면 말고. 믿어달라고 한 적은 없으니까."

　아론의 말에 고개를 갸웃하는 페인터즈 렘스덴.

　"지금은 나에게 애원해야 되는 것이 아닌가?"

　"내가 왜?"

"그건……."

"아쉬운 건 당신이지 내가 아니라서."

"하면 당신은 왜 이곳에 찾아온 거지?"

"그냥. 그놈을 무너뜨리는 데 조금 도움이 될 것 같아서. 그런데……."

"그런데?"

"죽지 못해 안달 나 있는 사람 혹은 사람 중 누구도 믿지 못해 죽어가고 있는 사람?"

"……."

그에 말없이 아론을 쏘아보는 페인터즈 렘스덴. 한참 동안 그렇게 아론을 쏘아보더니 이내 탁한 숨을 내쉬며 고개를 푹 숙였다.

"나는……."

"알고 있소. 홀로 4백 년이라는 시간을 버티는 게 그리 쉬운 일이 아니라는 것을. 그리고 그 침묵으로서 그자에게 대항하고 있음을."

아론은 알고 있었다.

그는 홀로 침묵이라는 수단을 동원해서 지금의 마탑주인 안드레이 치카틸로 루케디스에게 저항하고 있었다. 자신의 오랜 노력을 단번에 알아주는 아론의 말에 그는 그동안 참아왔던 모든 것을 폭발시켰다.

"불사의 저주를 받은 시점으로부터 모든 것을 잃은 당신, 끊임없는 고문 속에 살아오면서 견뎌온 당신의 정신력에 찬사를 보내오. 하지만 그를 소멸시킬 수 있는 절호의 기회를 이대로 흘러가게 내버려 둘 수는 없었소."

"한데… 당신은 어떻게 날 인지할 수 있었소? 그는 나의 모든 것을 감췄을 터인데……."

"세상에 비밀이란 없는 법이오."

"하나 감춰진 사실은 있소."

"그래서 이제야 찾아낸 것이오."

그에 페인터즈 렘스덴의 시선이 매니 파퀴아오를 향했다. 그에 매니 파퀴아오는 고개를 끄덕였다.

"어떻게 그를 찾을 수 있었소?"

"그는 철저하게 힘으로 네 개의 마탑을 굴복시켰소."

"그야……."

"힘에 지배된 자들은 납작하게 엎드릴 것이오. 하지만 언제든지 고개를 처들 준비를 하고 있지 않겠소?"

"모두 그와 같이 생각하기는 하지만 결코 그것을 실행에 옮기지는 않소."

"덕분에 내가 찾아낸 것이오."

"마탑은 오로지 그의 손에 장악되어 있소. 내가 50여 년 동안 나에게 충실했던 매니 파퀴아오를 믿지 못하는 이유가 바로 그것이오. 그는 흑마법과 백마법을 하나로 합쳤소."

"엄밀히 말하면 하나로 합친 것이 아니라 흑마법 아래 백마법을 흡수한 것이오."

"그것이 무엇이 다르오."

"그는 여전히 새로운 경지를 연 자가 아닌 흑마법사라는 말이오."

"어쨌든 그가 흑마법사라 무서운 것이오. 흑마법사는……."

"정신 조종에 아주 능하지요. 왜냐하면 조종당한 자에 대한 어떤 죄책감도 없으니까. 그에게 인간이란 그저 이용물에 불과할 뿐 존엄성이란 전혀 없는 상태니까 말이오."

"그렇소."

"하지만 그래서 언제까지 그를 두려워만 하고 있을 것이오."

"하면 내가 무엇을 한단 말이오. 나는 힘이 없소. 나를 따르던 이들은 모두 죽거나 언데드가 되었고, 내가 가졌던 마나는 그가 흡수해 갔소. 나에게 있는 것은 죽고자 해도 죽을 수 없는 이 저주받은 몸뚱이밖에 없소."

"그래서 그렇게 살아 있는 것이오."

"그래서 이 몸뚱이가 다행이라는 것이오?"

"복수할 수 있지 않소? 복수란 살아 있어야 가능하오."

"그건……."

"그까짓 쇠사슬쯤은 아주 수월하게 잘라낼 수 있소."

"잘라낸 다음, 그다음은?"

"그럼 된 것 아니오?"

"뭐가 된단 말이오?"

"당신은 죽지 않소. 그것보다 더 무서운 사람이 어디 있겠소. 죽지 않는다면 이미 인간이라 할 수 없겠지만."

"이게… 다행이라는 거요?"

"남들이 할 수 없는 것을 할 수 있지 않소. 당신을 따르던 사람의 복수를 할 수 있고, 흑마법사에게 점령당한 마탑을 다시 정상화시킬 수 있지 않소."

"그건……."

"할 수 없소?"

"그……."

"할 수 없다면 당신은 쓰레기일 뿐이오."

"쓰… 레기?"

"아니오?"

"난……."

말을 하지 못하는 페인터즈 렘스덴. 그의 침묵은 계속되었다.

그리고 마침내 입을 열었다.

"나는 쓰레기가 아니오."

"그렇소? 그 쇠사슬을 끊어도 되겠소?"

"끊으시오. 부디 날 도와주시오. 나를 이렇게 만든 그놈에게 복수할 것이오. 마탑을 흑마법사의 소굴로 만든 놈을 죽이고야 말 것이오."

"좋소."

아론은 슬며시 입꼬리를 말아 올리면서 등 뒤에 있던 투박한 대검을 휘둘렀다. 그가 직접 손으로 잡을 필요도 없었다. 그저 손이 움직이는 방향대로 그의 투박한 양손대검이 움직일 뿐이었다.

사악!

철컹!

사악!

쿠르륵!

그를 얽매고 있던 쇠사슬이 부드러운 소리를 내며 잘려 나갔고, 무거운 소리를 내며 떨어져 내렸다. 페인터즈 렘스덴은 무표정을 가장했다. 하지만 사실 그의 내부는 그야말로 이루 형언할 수 없는 폭발에 휩싸여 있었다.

떨어져 나간 쇠사슬은 그의 전신의 장기와 근육 그리고 뼈와 연결이 되어 있었다. 쇠사슬이 떨어져 나가면 그 즉시 연결된 뼈와 근육 장기가 터져 나가는 극한의 고통을 맛볼 수밖에 없었다.

그가 불사의 몸이기는 하나 고통마저 사라지는 것은 절대 아니었다. 그럼에도 불구하고 그는 창백해진 얼굴로 그 모든 것을 참아내고 있었다.

"크윽!"

하지만 완벽하게 참아내지는 못했다. 그는 허물어지듯이 무릎을 꿇고 답답한 신음을 흘렸다. 그에 아론은 다시 손을 움직이기 시작했다. 그의 손동작에 따라 아직 빠져나오지 못한 쇠사슬이 뽑혀 나오기 시작했다.

촤르르륵!

"크으으윽!"

답답한 신음이 흘러나왔다.

인간으로서는 절대 참을 수 없을 고통일 것이다. 뼈를 뽑아내고 근육을 잘라내는 고통이니 말이다. 하지만 부서진 뼈와 근육은 곧바로 복원되었고, 장기 역시 다시 생성되기를 반복했다.

그는 불사의 몸이었다.

죽고 싶어도 죽을 수 없는 몸이었다.

하지만 고통은 실재했다.

피와 살점이 잔뜩 묻은 쇠사슬이 뽑혀져 나와 한쪽에 차곡하게 쌓였다. 그리고 아론은 손을 들어 올리자 그의 손가락 끝으로 밝은 빛이 모이기 시작해 하나의 작고 빛나는 구슬로 응축되었다.

둥실.

압축된 밝은 빛을 낸 작은 구슬이 허공을 날아 거친 숨을 들이쉬고 있는 페인터즈 렘스텐의 앞에 멈췄다. 그는 지친 와중에 고개를 들어 빛나는 구슬을 한번 보고 다시 아론을 바라봤다.

"무엇이오?"

"힘을 회복해야 하지 않겠소?"

"이것이 힘을 회복하게 해준단 말이오?"

"그렇소."

"그게 무슨 말도 안 되는……."

"말이 안 될 것도 없소. 당신이 그렇게 죽이고 싶어 하는 자와 나의 힘은 같으니까."

"그게 무슨……."

"그는 어둠으로 힘을 강화했고, 나는 무색으로 힘을 강화했으나 결국 한 부모 밑에서 나온 힘이오. 그러하기에 우리는 서로를 아주 잘 느끼고 있소. 지금 이 순간에도 그는 나를 느끼고 있을 것이오. 다만 내 위치가 어디인지는 모르겠지만."

"당신과 그가 같은……."

"같지만 다른 존재라고 생각하면 될 것이오. 그의 반대편에 선 힘이 나라고 보면 될 것이오."

"그래서, 그래서 당신이 그를 적대한 것이구려."

"물론 그와 나는 따로 떨어져서는 존재할 수 없으니까. 누군가가 먹혀야만 살아가는 존재니까."

"그렇다면 그자를, 그자를 죽이면 당신은 어떻게 되오?"

"글쎄, 거기까지는 생각해 보지 않아서 말이오. 죽을 수도 있고, 살 수도 있지 않겠소? 내가 신이 아닌 이상 내 미래를 알 수 없으니까 말이오."

하지만 페인터즈 렘스덴은 그의 말을 곧이곧대로 믿을 수 없었다. 지금 이 순간에도 그는 거의 신에 필적할 정도였으니까 말이다. 전지는 아닐지라도 전능은 가능할 듯싶었다.

"후우~"

페인터즈 렘스덴은 길게 한숨을 내쉬었다. 그리고 자신의 앞에 떠 있는 밝은 구슬을 바라보며 입을 열었다.

"이것이 내 힘을 회복시켜 준다는 말."

"사실이오."

아론의 말이 떨어지기 무섭게 그는 밝은 구슬을 집어삼켰다.

"크옥!"

그리고 그도 모르게 입에서는 알 수 없는 극한의 고통을 이겨내기 위한 신음이 흘러나왔다. 상상조차 할 수 없는 극통이었다. 이전에 겪었던 쇠사슬이 뽑혀져 나가는 그런 고통쯤은 아무렇지도 않게 느껴질 정도로 말이다.

그는 기본적으로 어둠의 힘에 의해 불사의 저주를 받은 자이다. 그러하기에 빛의 힘을 담은 아론의 구슬은 결코 그와 맞지 않았다. 그러하기에 그 작은 구슬은 페인터즈 렘스덴의 내외부를 무시무시하게 태우고 있었다.

정반대되는 힘이 자신의 몸 구석구석을 태우자 그 상상조차 할 수 없는 고통에 그는 몸부림치면서도 고함을 지를 수 없었다. 고함을 지를 수 없을 정도로 극한의 고통이 전신을 치닫고 있었다.

그리고 마침내.

"크아아악!"

참고 참았던 비명을 지르고 쓰러져 버렸다.

"저, 저……."

그에 지금까지 단 하나도 빼먹지 않고 모든 광경을 지켜보고 있던 매니 파퀴아오는 해연히 놀라 말을 잇지 못했다.

푸스스스!

그때 페인터즈 렘스덴의 전신이 타오르며 모든 것을 태워 버렸다. 검은 연기가 하늘로 치솟아 올랐고, 붉은 불꽃은 단 한 군데도 놓치지 않고 그의 전신을 태워 어둠을 녹이고 있었다. 또한 그의 구멍이란 구멍에서는 검고 진득하고 탁한 무언가가 끊임없이 쏟아져 나오고 있었다.

꿀꺽!

그 기이한 광경을 보면서 매니 파퀴아오는 마른침을 삼켰다. 그리고 잠시 흘깃거리며 불안한 듯 아론의 표정을 살폈다. 하지만 아론의 표정에서는 그 무엇도 읽을 수 없었다. 그저 침묵하며 지켜볼 수밖에 없었다.

'렘스덴 님의 불사지체를 믿어볼 수밖에.'

죽지 않는다.

그래서 과감하게 모험을 해봤다.

처음에는 이자를 믿지 못했다. 지금의 마탑은 자기 자신을 제외하고는 그 누구도 믿을 수 없으니까 말이다. 철저하게 서로가 서로를 경계하면서 감시하고 있었고, 모두의 일거수일투족이 마탑의 주인인, 아니, 바벨의 탑의 주인인 안드레이 치카털로 루케디스에게 보고되고 있으니 말이다.

그의 눈에 벗어나고 조금이라도 이상한 점이 있으면 모든 마나를 빼앗기고, 실험체가 되어 남은 여생을 보내야만 했다. 그러하기에 반란이라는 것은 꿈에도 꿀 수 없었다. 그런데 누군가 자신에게 다가왔다.

자신이 페인터즈 렘스덴을 섬기고 있다는 것까지 알고서 말이다. 의심하고 또 의심했다. 의심하지 않고서는 절대 살 수 없는 탑의 생활이니까 말이다. 하지만 단 한 점의 사심도 오점도 발견할 수 없었다.

그래서 그를 이끌고 이곳까지 오게 되었다. 이자라면 절망에 빠진 바벨의 탑을 정화시켜 줄 수 있을 것 같았다. 과거까지는 아니더라도 적어도 불의 마탑 사상 가장 평화로웠던, 전대 탑주가 이끌던 시대로 돌아갈 수 있지 않을까 했다.

자신을 찾아온 자에 대한 은밀하고 신속한 조사 끝에 내린 결론이었다. 이미 물은 엎질러졌고, 다시 주워 담을 수 없었다. 이제는 믿을 수밖에 없었다.

파아악!

"아앗!"

그때 눈부신 빛이 터지자 매니 파퀴아오는 자신도 모르게 손을 올려 빛을 가리며 가벼운 놀람의 소리를 내질렀다. 빛은 한참 동안 지속되었다. 그리고 그 빛이 사라질 쯤에 그는 손을 내려 전면을 바라봤다.

그곳에는 헐벗은 한 명의 사내가 존재했다. 회색의 마구잡이로 헝클어진 머리카락은 온데간데없고, 백금발에 약간은 검은색 피부를 가진 자가 잔뜩 웅크리고 있었다.

그에 매니 파퀴아오는 미리 준비해 온 로브로 그의 신체를 감쌌다. 처음에는 왜 로브와 후드를 준비하라 했는지 몰랐다. 하지만 이제는 알 수 있었다. 이미 아론은 이 모든 과정을 염두에 두고 있었다.

'그는 모두 알고 있었다. 전대 마탑주님께서 승낙하리라는 것도, 자신의 힘을 받아들일 것이라는 것도, 상황이 이렇게

흘러갈 것이라는 것도 말이다.'

　그는 내심 경악할 수밖에 없었다.

　어찌 인간의 머리로 이 모든 과정을 생각할 수 있단 말인가? 아니, 생각은 할 수 있을 것이다. 하지만 그 생각대로 실천에 옮기기는 정말 힘들다. 그런데 용병왕은 생각과 행동을 일치시키고 있었다.

　"으으음."

　그렇게 현재의 상황에 놀라고 있을 때 기절해 있던 페인터즈 렘스덴은 미약한 신음 소리를 내며 꿈틀거리기 시작했다. 서서히 눈을 뜨고, 주변을 한번 둘러본 후 매우 익숙하게 자리에서 일어나 로브를 착용했다.

　"당신은 도대체……."

　"현실이오."

　"알고 있소. 하지만 좀처럼 믿기 힘들구려."

　"당신이 불사의 존재가 된 것은 믿을 수 있는 일이오?"

　"그건… 아니구려. 이미 나는 믿을 수 없는 일을 당했는데도 여전히 현실을 자각하지 못하고 있었구려. 미안하오."

　그는 고개를 숙였다.

　그에 매니 파퀴아오는 놀란 눈이 되었다. 문헌에 의하면 그는 지극히 오만하여 설사 황제라 하여도 고개를 숙이지 않는다 하였다. 그런 그가 4백 년 만에 고개를 숙인 것이다. 그것도 용병에게 말이다.

'용병왕도 용병이기는 한데……'

어쨌든 그것이 중요한 것은 아니었다.

현실이 중요했다.

"이제는 어떻게 해야 하오."

"감춰진 패를 꺼내시오."

"그것은……"

"지금 쓰지 않으면 똥이나 다를 바 없소."

"그… 렇구려. 하나!"

"또 다른 위험이라고 말하고 싶소?"

"바로 그것이오. 감춰진 패는 너무도 위험하여 함부로 내놓을 수조차 없소. 아니, 사실 감춰진 패가 아닌 마탑의 치부와도 같은 것들이오."

"마탑의 치부라… 그것이 무엇인지 말해줄 수 있소?"

"그들 역시 불사의 존재요. 다만 지극히 포악하여 쉽게 다룰 수 없다오. 그들은 생각을 할 수 있다오."

"어디에 숨겼소."

"숨긴 것이 아니오. 잠들어 있을 뿐."

"잠들어 있다니?"

"그들을 깨우기 위해서는 마탑의 가장 후미진 고대의 성소에서 회한의 향을 피워야만 하오."

"회한의 향?"

아론은 의문스럽게 질문했다.

"설마……."

그에 매니 파퀴아오는 무언가 떠올린 듯 입을 열었다.

"네가 생각하는 것이 맞을 것이다."

그에 페인터즈 렘스덴은 무엇을 떠올렸는지 알겠다는 듯이 고개를 끄덕이며 인정했다. 매니 파퀴아오가 회한의 향을 떠올린 것은 그가 마탑의 서고 관리자이기에 가능한 일이었다. 마탑에 대한 모든 책을 관리하는 그이니까 말이다.

"뭔가?"

"마탑주를 계승할 때 사용하는 향으로서 전대 마탑주로부터 힘을 받는 의식 중에 사용하는 향입니다."

"환각인가?"

"아닙니다. 실제 전대 마탑주를 만납니다."

"하지만……."

"그때 사용하는 향과는 미묘하게 그 성분이 다를 것이라 생각합니다."

"모두 옳다."

"그런가? 그럼 마탑주에게 들키지 않고, 고대의 성소로 가는 것이 중요하겠군."

"그렇소."

침중하게 답을 하는 전대 마탑주 페인터즈 렘스덴. 그런 그를 보며 매니 파퀴아오는 고개를 갸웃했다.

"한데……."

"나는 이전의 힘을 모두 회복했다."

"어떻게?"

"모두 그의 힘이지."

그라고 지칭하면서 아론을 바라보는 페인터즈 렘스덴. 그의 시선을 좇아 매니 파퀴아오 역시 아론을 바라봤다. 그에 아론은 어깨를 으쓱해 보이며 입을 열었다.

"저주를 건 자와 나의 힘은 기본적으로 상호 보완적이면서 서로를 견제하는 힘이니까. 나는 단순히 견제의 힘을 심었을 뿐이다."

"아무리 그렇다 하더라도."

"세상은 머리로서 생각할 수 있는 그런 일만 벌어지지 않는 법이니까."

"하아~"

허탈한 숨을 내쉬는 매니 파퀴아오.

"그런데 고대의 성소로 갈 수 있는 방도는 있소?"

"기억하지 못하나 본데 나는 공간을 다루오."

"아! …하나 이곳은 마탑. 그자의 힘이 직접적으로 작용하는 곳이오."

"또 기억하지 못하나 본데 그와 나의 힘은 상호 보완적이면서 견제하는 힘이오."

"아!"

이제 완벽하게 이해했다.

그러하기에 아직까지 아무런 움직임이 없었던 것이다. 공간을 단절시켰다 할지라도 쇠사슬을 끊었다면 당연히 그자가 느꼈을 터인데도 말이다.

"내 옆으로 서시오."

그에 페인터즈 렘스덴과 매니 파퀴아오는 그의 좌우로 섰다. 그 와중에도 매니 파퀴아오의 표정은 그리 밝지 않았다.

'4백 년간 단 한 발자국도 움직이지 않던 사람이 저리도 정정하게 움직이다니. 도대체 이건……'

인정할 수 없었다.

그만큼 페인터즈 렘스덴의 모습은 충격적이라 할 수 있었다. 하지만 그가 생각하지 못한 것은 바로 페인터즈 렘스덴이 불사지체라는 것이다. 불사지체란 인간의 상상을 초월하는 수준이었다.

엄밀히 말을 하면 페인터즈 렘스덴은 인간이 아니었다. 언데드도 아니었고 말이다.

'정확하게 그는 마족화된 것이라 할 수 있겠지.'

아론은 매니 파퀴아오의 생각을 부정할 수 없었다. 하지만 그렇다고 해서 그의 생각을 풀어줄 생각은 없었다. 그러기에 는 시간이 너무 촉박했다. 그의 힘은 점점 더 강력해지고 있 었고, 그가 강력해지는 만큼 시간은 촉박해졌다.

그리고 지금은 한 명이라도 더 우군을 확보해야 했다. 에쿼 스의 성역의 일이 보고되면, 아니, 이미 보고되었다고 봐도 무 방했다. 그렇다면 그의 행보는 조금 더 과격해질 것이고, 아직 완전한 준비가 되지 않은 자신은 힘들어질 것이다.

그러하기에 아론 그가 이곳에 직접 나타난 것이다. 최후의 결전을 하기 위해서 말이다. 그 최후의 결전에서 최후의 병기 가 될 사람이 바로 이 불사의 저주를 받은 페인터즈 렘스덴이 었다. 어쩌면 이자야말로 진정으로 대단한 사람일지 몰랐다.

그 긴 세월 동안 정신이 붕괴되지 않고 이렇게 버틴 것만으 로도 알 수 있었다. 물론 복수의 일념이기 때문에 가능한 일 이기는 했지만.

그들은 이윽고 페인터즈 렘스덴이 알려준 고대의 성소에 도 착했다.

"이곳이오?"

"맞소."

"기다리겠소."

"괜찮겠소?"

그에 아론은 슬쩍 미소를 떠올리며 입을 열었다.

"그가 직접 움직인다 해도 나를 어쩔 수는 없소."

그런 아론의 말에 렘스덴은 그를 빤히 바라보며 입을 열었다.

"왜 그를 직접 제거하지 않소."

"그렇게 되면 자유와 평화의 소중함을 모르기 때문이오."

"그건……."

"고통을 경험해 보지 않은 자는 고통이 무엇인지 알지 못하오."

"그렇구려. 평화를 위해서는 언제나 전쟁을 준비해야 하는 것이구려."

"그렇소. 그래서 평화를 지키기가 어렵소. 전쟁을 준비하기 위해서는 필히 무력이 강대해지기 쉽기 때문이오."

"그렇구려. 우리는 너무 오만했었구려. 그리고 평화의 소중함을 너무나도 모르고 있었소."

"부디 그 마음이 변치 않기를 바라오."

"앞으로 어떻게 변할지는 모르나 지금 나는 당신의 말에 전적으로 동감하오."

"그 마음을 잊을 경우 내가 찾아갈 것이오. 지금 당신을 지탱하는 힘은 나의 힘이기 때문이오."

"알고 있소."

"그럼 부탁하오."

"염려 마시오."

그 말을 남기고 아론은 공간 속으로 사라졌다. 잠시간의 침묵이 흘렀다. 그 잠시간의 침묵을 깨고 매니 파퀴아오가 입을 열었다.

"그를 믿을 수 있겠습니까?"

"믿음이라. 글쎄다. 그것은 모르겠구나."

"한데……."

"그는 적어도 거짓말을 말하지 않았다."

"그것을……."

"어찌 아느냐 하면 4백여 년간 온갖 간계 속에서 살아남은 나의 통찰력이라 해두자."

"…알겠습니다."

"하고, 준비를 해야 할 것 같구나."

"알겠습니다."

준비는 오래지 않았다.

언제나 이곳에는 회한의 향을 만들기 위한 준비가 되어 있으니 말이다. 하지만 매니 파퀴아오가 보기에 미묘한 성분과 함량의 차이가 존재했다. 가까이서 보는 그조차도 제대로 알아볼 수 없을 만큼의 미묘한 차이였다.

"너를 믿지 못하는 것이 아니다."

"……."

"언젠가는 너에게 고마움을 전할 때가 있을 것이다."

"그거면 됐습니다."

"그래, 향을 피워라."

"알겠습니다."

향이 피워졌다. 그리고 페인터즈 렘스덴의 웅얼거림이 시작되자 회한의 향이 피워진 제단 위로 알 수 없는 힘이 모여들기 시작했고, 그 힘은 거대한 형상을 만들어냈다. 그리고 점점 흐릿하게 변해가면서 다시 흩어지기 시작했다.

그 모든 과정이 시작되고 끝이 나기를 하루 동안 지속되었는데 그동안 그들은 단 한 발자국도 움직이지 않았다. 물 한 모금도 마시지 않고 의식을 진행했고, 마침내 페인터즈 렘스덴의 입에서 단정적인 음성이 흘러나왔다.

"고대의 존재여! 어둠 속에서 깨어나라! 그리하여 어둠을 몰아내고, 빛으로 이곳을 가득 채우라."

그에 어디선가 웅웅거리는 소리가 들려왔다.

"자아아유우우르으으을 다아아알라아아아아~"

"자유를 줄 것이다."

"여어어엉며어어어언으으으을 다아아알라아아아~"

"영면을 줄 것이다."

"흐어어어~ 처어어언녀어어언. 처어어언녀어어언으으의 저어어어어주우우우가 푸우우우울리이이이이느으으으은구우우우우우나아아아."

쉬이이익! 파바바바박!

그러더니 터져 나갔다.

그리고 정적이 감돌았다.

그 순간 아론의 모습이 다시 공간 속에서 드러났다.

"끝났소?"

"그렇소."

"보름 후 그를 처단할 것이오."

"보름 후인 것이오?"

"그렇소."

"그동안."

"그 누구도 이곳을 찾지는 못할 것이오. 이곳은 단절된 공간이 될 것이니. 보름 후 자연적으로 풀려날 것이오."

"알겠소."

"그때 봅시다."

아론의 신형이 사라졌다. 둘은 아론이 사라진 공간을 멍하니 지켜보았다.

'보름 후라……'

둘은 각자의 생각 속에 보름 후라는 말을 되뇌었다.

CHAPTER 8

파국

CHAPTER 8

"준비는?"

"완료했습니다."

"그래. 이제 끝을 내야만 하는군."

"그렇습니다."

"오랜 시간이었다."

"……."

한 사람이… 아니, 어둠에 가려 사람인지 아닌지조차 구별 되지 않는 사람이 말을 하고 있었다. 단지 인간의 언어와 인간 의 목소리로 말을 하기에 사람이라고 여기고 있을 뿐이었다.

그 한 사람의 말에 어둠 속에 잠긴 거대한 대전은 침묵에 휩싸였다.

바늘 떨어지는 소리조차 들려올 정도로.

"이 땅에 어둠의 힘을 각인시킬 때가 되었다."

"……"

"그리하여 이 땅을 정화하기를 명령하노라!"

"추웅!"

"추웅!"

지금까지 단 한 마디도 하지 않던 수많은 이들이 한꺼번에 외쳤다. 그 외침에 기이한 열기가 대전에 일렁거렸고, 그 모습에 오로지 홀로 외치고 명령을 내리던 이의 얼굴에 흡족한 미소가 떠올랐다.

처음엔 형체조차 제대로 보이지 않던 이가 이제는 완연하게 인간의 형상을 하고 있었다.

분명 인간이었다. 하지만 뿔이 있는 것 같기도 하고 인간보다 더 큰 체구를 가진 것 같기도 한 반면 또 다른 모습이 보이기도 했다.

그런 그의 명령을 따라 대전에 있던 모든 이가 소리를 지르며 대전을 벗어났다. 그들이 대전을 나섰을 때 수없이 많은 마법사와 그들이 탄생시킨 마법 생물들, 언데드들이 그들의 눈앞에 도열해 있었다.

대전의 중심에 있던 자.

그는 바로 안드레이 치카틸로 루케디스였다.

그 역시 밖으로 모습을 드러냈다.

그가 밖으로 모습을 드러내자 웅성거리던 모든 이들이 숨을 죽여 그를 바라봤다. 실로 장엄한 광경이라 할 수 있었다. 수십 수백의 마법 생물과 언데드들, 그리고 그들을 조종하는 마법사들까지.

그의 얼굴에는 뿌듯함이 가득했다.

"용사들이여!"

"……."

답은 없었다.

하나 형형하기 빛나는 검은색 눈동자는 점점 더 그 열기를 더해가고 있었다.

"출진하라! 그리고 이 땅을 정화하라!"

"으어어어~"

그제야 기이한 함성을 질렀다.

두우웅~

두둥!

두웅!

전고가 울려 퍼졌다.

처벅! 처벅! 처벅!

언데드 군단이 움직이기 시작했다.

그리고 4대 마탑에서 모인 마법사들 역시 이동하기 시작했다.

그들 역시 정상적인 상태는 아니었다. 그들의 눈동자는 시퍼렇게 빛나고 있었고, 눈동자 주변에는 시커먼 연기가 일렁이고 있었다. 그저 보기에도 그들의 상태가 정상이 아님을 알수 있을 정도로 말이다.

안드레이 치카틸로 루케디스는 모든 전력을 불의 마탑에 집중시켰다. 그렇게 한다 해도 제국이 관여할 수 없음을 알기때문이었다.

이것은 바벨의 탑의 일이었다. 그들은 대외적으로 제국을침공하는 것이 아니라 에퀘스의 성역을 치고 있는 것이었다.

또한 용병들의 대지를 공격하기 위해 움직이는 것이었다.그러하기에 제국은 끼어들 수 없었다. 그곳은 상호 불가침의지역이었으니까.

이 움직임은 그야말로 전격적인 움직임이었다. 지금 제국 전역을 들쑤시고 있는 오크족의 잔당들에 의해 제국이 이곳에신경을 쓰지 못한 틈을 타 전격적으로 진격을 한 것이었다.

지금 이 순간 그는 확신하고 있었다. 그들은 이번 진격을절대 막아낼 수 없을 것이다.

용병들의 대지나 에퀘스의 성역이나 귀족들이나 모두 방심하고 있을 것이 분명하기 때문이었다. 엄청난 위용을 자랑하며 불의 마탑 정문을 벗어나는 언데드 군단들. 의미심장한 웃음으로 그들을 바라보는 자.

하지만 그의 웃음은 그리 오래가지 못했다.

언데드 군단이 불의 마탑을 벗어나려는 순간.

그들 앞으로 엄청난 대병력이 모습을 드러냈다. 모습을 드러낸 그들은 드넓은 불의 마탑을 완벽하게 포위하고 있었다. 수를 헤아릴 수조차 없을 정도의 언데드들을 완벽하게 압도하는 대병력.

"……!"

그에 안드레이 치카틸로 루케디스는 말없이 눈살을 찌푸렸다. 그런 그의 앞으로 몇 명의 인물이 허공에 둥실 떠 멈춰 섰으니 그 중앙에는 예의 아론이 있었다.

"네놈은……."

"보는 건 처음이지?"

"그… 렇군."

"이제 힘을 거의 모두 흡수했나 봐? 출진을 하는 것을 보니?"

"……."

그는 별다른 말을 하지 않고, 아론의 바로 옆에 있는 유리 피네스를 바라봤다.

"너는……."

"일곱 개의 힘 중 남은 한 개의 힘이죠."

"그렇군. 그래서 잡히지 않았던 것이로군."

"뭐, 그런 셈이죠."

"그리고……."

"오랜만이로구나, 안드레이 치카틸로 루케디스."

"어떻게?"

"용병왕 덕분이지."

"역시… 그런 것인가?"

"세상에 비밀이란 없는 법이네. 네가 알고 내가 알고 하늘이 알고 땅이 앎에 비밀이란 존재치 않는 법이지."

"그랬었군. 그랬었어. 어쩐지 고대의 성소에 있는 방어석이 깨어졌다 싶었더니. 네놈 때문이로군."

"4대 마탑을 손에 넣고, 언데드까지 소환한 당신에게 최대한 타격을 주기 위해서는 수단과 방법을 가릴 필요가 없지. 뭐, 물론 당신만큼 잔악한 짓을 하지도 않았어. 단지 나는 정당하게 수단과 방법을 강구한 것뿐이니까."

"감히……."

"이런 것을 두고 선의의 경쟁이라고 하는 거지. 안 그런가?"

그러면서 히죽 웃는 아론.

그런 아론의 웃음이 더욱 얄밉게 보이는 안드레이 치카틸로 루케디스. 그는 잠시 분노에 몸을 떨더니 이내 주변을 둘러보며 입을 열었다.

"굴카마스 가문과 플람베르 가문, 그리고 마테리아 가문인가?"

"그렇지. 똑똑한데?"

"용병들까지 모두 끌고 왔나 보군."

"용병들의 대지가 신생이다 보니 사람들의 머리에 확실하게 각인될 획기적인 공적을 쌓아야 해서 말이야. 그리고 이종족들 역시 인간과 대등한 위치에 서기 위해서는 반드시 거쳐야 할 과정이라서 말이지."

"네놈……."

안드레이 치카틸로 루케디스의 시선이 아론을 향했다.

"모두 알고 있었나?"

"대충은."

"한데 왜?"

"아, 이거, 또 설명을 해야 하나? 뭐, 어쨌든 설명을 하자면, 기다리고 있었지."

"뭘?"

"무르익기를."

"무르익어?"

"하나씩 먹기는 힘드니까. 그리고 당신이 억누르고 억눌러

검은색 구슬 아래 두 개의 구슬을 복속시킴에 그 반발력이
지금쯤 상당해질 시기니까."

"반발력?"

생소한 말이었다.

지금 내부를 관조하면 세 개의 구슬 중 두 개의 구슬은 완
벽하게 검은색 구슬 아래 복속되어 있었다. 반발력이라는 말
이 있을 수 없을 정도로 순종적이었다. 그런데 반발력이라니.

"태풍의 눈은 언제나 고요하지."

"지금이 내가 가장 위험한 때라는 것이더냐?"

"그런 셈이지."

"흥! 웃기는 소리로구나. 나는 완벽하게 두 개의 구슬을 내
본래의 구슬 아래 복속시켰다."

"그렇게 느낀 것이겠지."

"확신이다."

"당신은 한 가지 잘못 알고 있는 것이 있는데."

"잘못 알고 있다?"

"일곱 개의 구슬은 모두 평등하다. 어느 힘이 강하고 어느
힘이 약하고가 없지."

"세상에 평등이란 없다."

"있어. 당신이 가진 힘과 내가 가진 힘."

"있을 수 없는 일."

"당신이 완벽하게 모든 것을 자신의 것으로 만들었다고는 하지만 결국 당신은 나에게 패배할 수밖에 없어."

"말도 안 되는 소리."

"말이 될지 안 될지는 해보면 아는 일이고. 더군다나 당신은 세 개의 힘을 가지고 있지만 나에게는 네 개의 힘이 존재하지."

아론의 말에 유리피네스를 바라보는 안드레이 치카틸로 루케디스. 하지만 그는 차가운 코웃음을 칠 뿐이었다.

"흥! 고작 그 실력으로 나와 동등한 실력을 가졌다고 할 수 있을 것 같으냐?"

"내가 마음먹었으면 당신은 진즉 소멸되었겠지."

"흥! 능력이 있었으면 진즉 그렇게 되었겠지. 능력이 없기 때문에 지금까지 나를 두고 본 것 아닌가? 세력을 모으고?"

"물론 그런 것도 있다. 하지만 중요한 것은 당신은 당신을 너무 과대평가하고 상대를 너무 과소평가하고 있다는 것이지."

"나는 그 누구도 과대평가하지도 과소평가하지도 않는다."

"아니, 당신이 그런 것이 아니라 두 개의 구슬을 잠식한 검은색 구슬이 그렇게 하고 있어."

"무슨 말이냐?"

"당신은 이미 당신이 아니야."

"무슨 말도 안 되는 소리냐?"

"검은색 구슬이 당신을 지배하고 있지."

"검은색 구슬? 구슬은 구슬일 뿐이다. 힘을 담은 그릇일 뿐이다."

"아니, 아니지. 검은색 구슬은 이 구슬을 만든 자가 세계의 모든 차원의 어둠을 하나로 만든 결정체이다."

"그 또한 힘이다."

"그렇지. 힘이지. 하지만 그 힘이 자아를 가진다면 어떨까?"

"말도 안 되는 소리."

"그걸 어떻게 알지?"

"무슨?"

"구슬에 자아가 없다는 것을 어떻게 아냐고. 구슬이 그저 힘을 담는 구슬일 뿐이라는 것을 대체 어떻게 장담하느냔 말이다."

"그건……."

그에 아론은 스산하게 웃으며 입을 열었다.

"너는 검은색 구슬에 속아 넘어간 것이다. 검은색 구슬은 어둠을 다룸에 있어 오로지 인간의 힘만을 담지 않았지. 그 속에는 인간도, 알 수 없는 종족도, 혹은 마족도 존재하지."

"그건……."

차마 답을 하지 못하는 안드레이 치카틸로 루케디스.

"안 그런가, 안드로말리우스?"

"안드로말리우스?"

"그래, 안드로말리우스."

"무슨 말도 안 되는 소리냐? 나는 안드레이 치카틸로 루케디… 스으… 다아……."

그러면서 그의 신형이 기괴하게 일그러지기 시작했다. 그저 이름을 불렀을 뿐인데 그의 모습은 인간의 모습이 아닌 인간과 전혀 다른 남자의 모습으로 변해갔는데 한 손에 뱀을 휘감은 모습이었다.

그 뱀은 너무나도 커 어떻게 저런 뱀이 인간의 몸을 휘감고 있을까 하는 생각이 들 정도였다. 뱀은 한 손으로부터 시작해서 점점 커져 그의 전신을 감싸 돌기 시작했으며, 마침내 남성의 얼굴 부위 좌측에는 뱀의 꼬리가, 우측에는 뱀의 머리가 위치했다.

좌측의 꼬리는 끊임없이 흔들거리고 있었으며, 우측의 머리는 갈라진 혀를 날름거리며 소름 끼치게 아론을 쏘아봤다.

"흐으으음."

변신을 마친 사내. 안드로말리우스의 입에서 미성이 터져 나왔다. 전혀 지금의 모습과 어울리지 않는 모습이었다.

"겹친 세계의 하수인이자 솔로몬의 72악마 중 가장 말석을 차지하는 72번째 악마. 한때 정의의 악마라 불렸으나 이제는 타락의 악마라 불리는 악마."

"나를 아나?"

"알지."

"어떻게 알지?"

"자신의 오만함과 어리석음으로 인해 힘이 봉인되었으면 그만하지, 다시 이런 일을 벌이는 이유가 뭐지?"

"나는 악마니까. 그리고……."

"그리고?"

"쪽팔리기도 하고."

"쪽팔려?"

"솔로몬의 72악마의 말석이라고는 하지만 악마는 악마지. 수없이 많은 마족을 휘하에 두고 있는 악마 말이야. 그런데 조금 강하다고 하지만 인간 놈에게 봉인당해 그 힘을 빼앗기다니. 있을 수 없는 일이야."

"그래서 지금은 방심하지 않고 있나?"

"방심했으면 400년을 기다릴 이유가 없지."

"타 차원에 이런 격언이 있지."

"격언?"

"장고 끝에 악수라고."

"무슨 말이지?"

"신중을 기하기 위해 오랫동안 생각하고 둔 회심의 한 수가 결국 최악의 한 수가 된다는 말이지."

"그래서 지금 내가 악수를 뒀다는 말인가?"

"의심할 여지 없이."

"왜 그렇게 생각하지?"

"나를 너무 약하게 봤으니까."

"아니, 난 널 충분히 감안했다. 네가 가진 힘과 저 거슬리는 존재의 힘까지도 말이야."

"아니, 당신은 충분히 감안하지 못했어. 우선은 내가 어떻게 당신의 존재를 알게 되었느냐는 것 역시 알지 못하잖은가?"

"그건……."

"거봐, 역시 모르지. 나에게는 이 세계의 모든 것을 꿰뚫을 수 있는 지식의 전당이 존재하지."

"지식의 전당. 그런 것이 있던가?"

"있지. 이 세계의 모든 지식을 한곳으로 집대성한 백색의 구슬이 나에게 존재했으니까."

"그렇군. 그래서 나로부터 그 모습을 숨길 수 있었던 것이었구나."

"그렇지. 그래서 당신의 존재를 알 수 있었다."

"하지만 그렇다고 해서 나를 어쩔 수는 없을 것이다."

"자신 없으면 나타나지도 않았을 것이다."

"그래? 그런가? 그러면 어디 한번 해보도록 하지."

그 말이 끝남과 동시에 언데드들이 움직이기 시작했다.

언데드들이 움직임에 에쿼스의 성역의 기사들과 용병들의 대지의 용병들 역시 움직였다.

아론을 중심으로 모여 있던 실력자들 역시 이미 역할을 분배한 대로 사방으로 흩어졌다.

하지만 아론과 페인터즈 렘스덴은 자리에서 벗어나지 않았다.

안드로말리우스의 시선은 여전히 아론에게로 향해 있었다.

"그 외에 어떤 힘을 가지고 있지?"

"묻기 전에 먼저 자신이 가진 힘을 말하는 것이 정상이지 않은가?"

"통하지 않는군."

"정신 공격이 통했으면 내가 이 자리에 있을 수 없었겠지."

"그도 그렇군. 여러모로 나에게 치욕을 남겨준 인간 놈과 닮았군. 단지 그놈은 홀로 존재했으나 너는 많은 이들과 함께로군."

자신에게 치욕을 준 이보다 약하다는 것을 강조한 말이었다. 한마디로 격장지계라 할 수 있었다.

하지만 아론은 흔들림 없었다.

"원래 좋은 건 나눠 먹는 거야. 그놈은 혼자 먹으려다 체한 거고."

"말로써는 네놈을 감당할 수 없을 것 같군."

"다들 그렇게 말하더군."

"실력이 그 입담만큼 훌륭한지 한번 봐야겠지."

"그 전에……"

그가 나서려는 순간 페인터즈 렘스덴이 앞으로 나섰다. 그에 안드로말리우스의 눈이 세로로 쭉 찢어지며 그를 노려봤다.

"과거의 혈채를 받아야 하니까."

"원판에 대한 지독한 원념이 느껴지는구나."

"겉모습이 달라졌다고는 하지만 나에게는 여전히 당신이 원판과 다를 바 없으니."

"네놈이 강하다는 것은 인정한다. 하나……"

"시끄럽다."

"감히……"

"마그마 블레스트!"

다짜고짜 마법을 날리는 페인터즈 렘스덴. 그에 살짝 눈살을 찌푸린 안드로말리우스는 손가락을 튕겼다. 그에 그의 전면에 검은색 투명한 막이 생성되면서 페인터즈 렘스덴의 마법을 튕겨냈다.

터엉!

그에 안드로말리우스는 비웃음을 떠올렸다.

하나…….

"크윽!"

이내 나직하게 신음을 흘릴 수밖에 없었다.

그의 시선이 자신의 옆구리로 향했는데, 그곳에는 어느새 무언가가 할퀴고 지나간 흔적이 남아 있었다.

그가 분노해 아론이 있는 곳을 바라봤다.

"비겁한……."

"언제 혼자 공격하겠다고 했던가?"

"그……."

"그리고 악마를 상대하는 데 비겁이고 자시고가 어디 있겠어? 꿩 잡는 게 매라고 일단 잡고 보는 거지."

"기사로서……."

"난 기사가 아니라 용병이야."

"용병왕으로서……."

"용병들의 왕이 얼마나 치졸한지 이번에 보여주지."

"비겁한……."

"그래그래, 난 비겁해. 그러니까 한번 당해보라고."

그때 다시 페인터즈 렘스덴이 마법을 소환했다.

"헬 파이어."

"흐음?"

살짝 놀라는 안드로말리우스.

마그마 블레스트는 몰라도 헬 파이어는 조금 다르다. 언령으로 발휘되는 헬 파이어는 아무리 악마라 할지라도 무시할 수 없음이 분명하니까 말이다.

"앱솔루트 베리어."

절대 방어를 실현시켰다.

그 순간 그의 등 뒤로부터 알 수 없는 위화감을 느껴 고개를 돌렸다.

샤아아악!

"큭!"

알 수 없는 무엇이 가슴을 할퀴고 지나갔다.

치이이익!

가슴이 타들어갔다.

"리저렉션!"

절대 회복 마법이었다.

원래는 악마인 그가 사용할 수 없는 마법이었으나 그의 원판이 인간이었다. 그는 구슬의 힘으로 4백 년을 살았음이니, 그가 인간이던 시절에 가진 푸른색 치유 능력과 녹색의 자연 능력은 여전히 살아 있었다.

그래서 악마임에도 불구하고 그는 그 모든 능력을 사용할 수 있었다. 특히나 어둠에 특화된 마법이 더욱더 강력해짐은 물론이었다.

하지만 상대가 바로 아론과 불사의 저주를 받아 4백 년을 살아온 페인터즈 렘스덴이었다.

특히나 페인터즈 렘스덴은 4백 년의 시간 동안 그 실력이 줄어들기는커녕 과거와 견줄 수 없을 정도로 강력해져 있었다. 이유는 4백 년의 외로움과 고통을 이겨내기 위해, 정신이 붕괴되지 않고, 온전하기 지키기 위해 그는 끊임없이 싸워왔기 때문이었다.

과거 절대의 반열에 오른 그였다. 그런 그가 4백 년간 갈고 닦은 원한은 그를 단숨에 인간의 경지를 넘어서게 만들고 있었다. 그는 마법 연계 또한 상상조차 할 수 없을 정도로 발전해 있었다.

"블리자드!"

헬 파이어에 이어 눈보라가 몰아쳤다.

"흥!"

그에 안드로말리우스는 분명 자신의 가슴에 상처를 남긴 아론을 찾아야 했다. 하나 그러기에는 페인터즈 렘스덴의 마법 공격이 심상찮았다. 인간이 펼친 것이라고 하기에는 마법에 담긴 힘이 만만치 않았기 때문이었다.

그래서 그의 신경이 온통 화려한 마법에 쏠릴 수밖에 없었다. 그도 그럴 것이 마법에 신경 쓰지 않는다면 자신에게 치명적인 타격으로 되돌아올 것이고, 숨어 있는 놈을 찾기에는 상당한 심력을 쏟아야 할 것 같았기 때문이었다.

"귀찮은 놈."

진정으로 귀찮았다.

"다크 필드!"

그래서 그는 마력을 움직여 자신만의 결계를 만들어냈다. 그 결계 속에서 그는 본신의 힘을 발휘할 수 있을 정도였다. 물론 온전한 힘은 절대 아니었다. 이미 한 번 봉인당했던 몸이고, 원판에 숨어 힘을 회복하고 있는 순간이었으니까 말이다.

"크아아아~"

불어난 힘에 취해 안드로말리우스는 함성을 질러냈다.

"크윽!"

그에 페인터즈 렘스덴은 짧은 신음을 흘리며 뒤로 튕겨져 나갔다. 하지만 그가 튕겨져 나가는 곳에는 이미 안드로말리우스가 존재했다.

"인간이 주제를 모르니까……."

퓨욱!

날카로운 손톱이 페인터즈 렘스덴의 가슴뼈를 쪼개고 심장을 움켜쥐었다.

"죽는 거다."

퍼억!

"컥!"

페인터즈 렘스텐의 눈이 커지면서 단말마의 비명이 터져 나왔다. 그에 안드로말리우스는 득의만만한 웃음을 지었다. 인간은 심장을 터뜨리면 아주 간단하게 죽일 수 있었다. 그런데 이상했다. 심장이 터지면 즉사였다.

그런데 여전히 괴롭고 고통스러운 표정이기는 했지만 여전히 살아 있었다.

"너……."

"원판의 기억을 읽지 못한 건가?"

피가 가득한 입을 열어 되묻는 페인터즈 렘스텐.

"원판의 기억?"

"난 저주를 받았거든."

"저주?"

"불사의 저주."

"이런……!"

화들짝 놀라 뒤로 빠지려 하는 안드로말리우스. 하지만 손이 빠지지 않았다. 그 순간 그 누구도 숨을 수 없고, 그 어떤 이의 힘도 절대 반감 시키는 다크 필드 내의 공간이 일그러졌다.

파악!

"끄윽!"

절대 피할 수 없는 무언가가 심장을 할퀴고 지나가려 했다.

'이것은 위험하다!'

진정으로 위험했다.

그러나 팔은 여전히 빠지지 않았다.

'벗어날 수 있는 방법은?'

순간 안드로말리우스는 빠르게 판단했고, 페인터즈 렘스덴에게 잡혀 있던 팔을 스스로 잘라내 버렸다. 스스로 팔을 잘라내는 아픔보다 겨우 인간의 합공을 이겨내지 못하고 자신이 피해야 한다는 것 자체가 더 치욕적이었다.

그가 자신의 팔을 잘라내고 모습을 드러낸 곳은 페인터즈 렘스덴과 아론의 정반대 편이었다. 아론은 그런 안드로말리우스를 바라보며 어깨에 턱 투박한 대검을 올린 후 입을 열었다.

"거참. 악마라기에 조금 할 줄 알았더니 꽁지 빠지게 도망만 다니는군."

"네놈……."

아론의 이죽거림에 안드로말리우스는 차마 뒷말을 이을 수 없었다. 그는 약간 지친 표정을 지어 보이고 있었다. 아무래도 스스로 잘라낸 팔에 대한 타격이 컸던 모양이었다. 그리고 또다시 리저렉션을 시전해 팔을 재생시키는 데 상당한 마력을 투자하고 있었다.

어떻게 보면 절호의 기회일지도 몰랐으나 아론은 섣불리 다가가지 않았다. 팔을 재생시키면서 무방비한 상태를 지속시킬 이유도 없었고, 겨우 팔 하나 잘라내고 저렇게 죽을 똥을 싸는 게 영 꺼림칙했기 때문이었다.

"안… 오나?"

"넓은 아량으로 회복하기를 기다려 주는 중이다."

아론의 말에 안드로말리우스의 얼굴이 일그러졌다. 올 줄 알았다.

기회를 잡았으니 그 기회를 놓치지 않을 줄 알았다. 그런데 느긋하게 자신이 회복하는 것을 기다려 주고 있었다. 그에 안드로말리우스는 불편한 기색이 되었다.

"용기가 없군."

"아니지. 적수에 대한 배려겠지."

"웃기는 놈이로구나."

"그나저나 언제까지 기다려 줘야 하지?"

"기다려 주지 않아도 된다."

파앗!

그의 말이 끝남과 동시에 아론이 있던 자리에 검은색의 거대한 뼈가 솟아났다. 아론은 공간의 터널을 통해 그 자리를 벗어났다. 하지만 잠깐 머무른 곳에는 여지없이 뼈가 솟아나 아론을 구속하려 했다.

끊임없이 움직이는 와중에 슬쩍 페인터즈 렘스덴을 바라봤다. 그 역시 뼈의 감옥 속에 갇혔다. 하지만 그는 오히려 그곳이 더 편하다는 듯한 표정이었다.

그는 불사의 저주를 받았기에 어둠 속성과 빛 속성을 모두 가지고 있었다.

어둠 속에서는 어둠 속성으로, 빛 속에서는 빛 속성으로 인해 살아남을 수 있었다. 하지만 지금 이곳은 어둠이 지독히도 강력한 지역이었다. 그러니 그에 맞게 적응하고 있는 것이었다.

물론 어둠과 어둠이 부딪쳤을 때 더 근원적인 어둠이 승리하는 것은 당연한 것이었다.

하지만 그는 어둠을 빛으로 치환할 수 있는 능력을 지니고 있었다.

'하이브리드 캐릭터라는 건가?'

그것으로 되었다.

그에 대한 걱정은 접어둘 수 있었다.

그러하기에 아론은 이전보다 더 확실하고 원활하게 움직일 수 있었다.

이전에는 견제를 주 목적으로 했다면 지금은 공격의 주체로서 움직이고 있었다. 이전에는 페인터즈 렘스덴의 분노를 잠재우고, 그의 능력을 일깨우기 위해 움직였다면 지금은 더 이상 안드로말리우스를 그냥 둘 수 없음에 주도적으로 전력을 다할 수밖에 없었다.

뼈의 감옥을 피해 이동하면서 아론은 투박한 양손대검을 휘둘렀다. 초승달 모양의 오러 블레이드가 안드로말리우스를 향했다. 안드로말리우스는 가볍게 손을 휘저어 아론의 초승달 모양의 오러 블레이드를 제거하려 했다.

콰콰쾅!

대부분의 오러 블레이드가 터져 나갔다. 하지만 개중에 몇 개는 아론의 의도를 그대로 수행했다.

콰직! 콰하악!

"크흐윽!"

그 무엇과도 비견할 수 없는 가죽이 상했다. 일반적인 오러 블레이드라면 상처조차 남기지 않았을 것이나 아론의 오러 블레이드는 여지없이 안드로말리우스의 가죽을 찢고 피를 흘리게 만들었다.

그에 분노한 안드로말리우스는 크게 발을 굴러 지옥의 회전하는 불길을 만들어냈고, 수십 개의 회전 불길이 다크 필드 곳곳에 생성되어 공간을 태우기 시작했다.

아론은 위협을 느꼈다. 단순히 바닥에 생성되었다면 위협조차 되지 않을 것이나 회전 불길은 허공에도 생성되어 있었다.

아론은 지옥의 회전 불길을 회피하면서 대검을 허공에 띄운 다음 몇백 개의 환영을 만들어내 비처럼 쏘아냈다. 안드로말리우스는 또다시 손을 휘저었다. 하지만 그것은 그저 환영에 지나지 않을 뿐이었다.

실체를 구분하지 못한 결과는 안드로말리우스의 비명으로 이어졌다. 안드로말리우스의 단단한 가죽에 핏물이 베어 나오기 시작했다.

"아따. 그 새끼 겁나게 단단하네."

그러면서도 아론은 웃고 있었다.

그 이유는 자신의 공격이 먹혀들어 가고 있기 때문이었다. 솔직히 악마라고 해서 살짝 당황하기는 했다. 생각지도 못한 존재였기 때문이었다. 그렇지만 이내 수긍할 수밖에 없었다. 일곱 개의 구슬에는 세상의 모든 힘이 담겨 있다고 해도 과언이 아니었다.

아니, 세상이 아니라 전 차원의 모든 힘이 담겨 있었다. 그런데 그 힘 중에 악마나 마족이 없으리란 법은 없었다. 천사의 힘도 담겨 있을 정도였으니.

결론적으로 자신이 이렇게 악마의 전용 필드에서 능력의 감소 없이 싸울 수 있는 것은 결국 모두 하나였기 때문이었다.

일곱 개는 하나에서 파생된다.

그리고 하나로 합쳐질 때 진정한 신의 반열, 즉 창조의 반열에 오를 수 있었다.

하지만 아론은 신이 된다거나 창조의 반열에 오른다거나할 생각조차 없었다. 권력도 귀찮아하는 자신이고 보면 어쩌면 당연한 것일 수도 있었다.

그런 생각 때문인지 자신 내부에 있는 세 개의 구슬은 너무나도 평등하게 자리를 잡고 상호 보완적으로 움직이고 있었다. 때로는 하나가 되고 때로는 나눠져서 말이다. 그래서 강력해질 수 있었다.

세 개의 힘을 온전하게 유지하고 활용할 수 있었다. 일곱개가 다 모이지 않은 한 모든 구슬은 평등하니까. 그래서 아론은 안드레이 치카틸로 루케디스에게 균열을 말했었다. 지금 안드로말리우스가 된 그는 흑색 구슬이 압도적으로 강력했다.

하지만 흑색 구슬이 강력해졌다고 해서 그의 힘이 강해진 것은 아니었다. 오히려 그 반대일지도.

그는 느끼지 못할지 모르지만 아론은 확연하게 느낄 수 있었다. 안드로말리우스 내부에서 서서히 활동을 시작하는 청색 구슬과 녹색 구슬을 말이다.

두 구슬은 힘을 잃은 것이 아니었다.

흑색 구슬이 강해지면 그들 역시 강해진다.

상호 보완적이기에 어떤 하나를 완벽하게 제압할 수도, 소멸시킬 수도 없었다. 어차피 일곱 개가 다 모여야 완벽해지는 것이니 말이다.

그래서 아론은 웃었다.

"자아~ 이제 본격적으로 시작해 볼까?"

"천한 인간 놈이……."

"그래그래, 고귀한 악마 놈이 천한 인간님한테 한번 죽도록 맞아봐라."

그리고 아론이 움직였다.

이미 다크 필드는 그에게 어떤 지장도 줄 수 없었다.

부와아악!

아론이 쏟아지는 곳에 안드로말리우스는 팔을 휘둘렀다. 하지만 아론의 신형은 홀연히 사라졌고, 그가 나타난 곳은 안드로말리우스의 복부였다.

퍼어어엉!

가죽 북 터지는 소리가 들려왔다.

"크윽!"

답답한 신음을 내며 안드로말리우스가 쿵쿵거리며 뒤로 밀려났다. 하지만 아론의 공격은 이제부터 시작이었다.

퍼억!

"꺼억!"

옆구리에서 화끈한 통증이 또 느껴졌다. 그렇게 느끼는 그 순간.

콰앙!

등 뒤에서 또다시 극통이 느껴졌다. 등 뒤, 옆구리, 복부, 가슴, 어깨, 무릎, 허벅지 등등. 아론은 전신을 마사지하듯이 두드렸다. 그 거대한 크기의 안드로말리우스는 비명도 지르지 못한 채 제멋대로 움직였다.

그리고

후우웅!

아론은 마침내 투박하고 거대한 양손대검을 꺼내 들었다.

"퉤! 퉤!"

그는 양손에 침을 탁탁 뱉어낸 후 잔상조차 남기지 않고 움직이기 시작했다.

서걱! 서걱! 서걱!

무언가 베이는 소리가 들려왔다.

그리고 그때마다 안드로말리우스의 피부에서는 검록색의 핏물이 터져 분수처럼 터졌다.

안드로말리우스는 지금 이 순간 움직일 수 없었다. 왜냐하면 지금 내부에서 알 수 없는 전쟁이 일어나고 있었기 때문이었다.

원판이 완벽하게 굴복시켰다고 생각했던 청색과 녹색 구슬이 드디어 활동을 하기 시작한 것이다. 안드로말리우스의 내부에서 기절할 것 같은 폭발이 연속적으로 일어났다. 참을 수 없는 고통이 연속되었다.

'이, 이게……'

어떻게 된 일인지 알 수 없었다.

분명 모든 것이 완벽했다.

그런데 어떻게 이런 변수가 생긴 것이란 말인가?

사실 이미 예견된 순서였다.

흡수되지 않는 것을 강제로 억류하려 했으니 당연한 결과였다.

'용수철을 누른 것과 똑같은 것이지.'

아론은 이미 안드로말리우스 내부에서 일어나고 있는 일을 짐작하고 있었다. 드디어 폭발한 것이었다. 내외부에서 폭발하는 힘은 결국 72악마 중 하나인 안드로말리우스를 다시 치욕 속으로 빠뜨리고 있었다.

푸욱!

아론의 대검이 안드로말리우스의 복부를 파고들었다. 안드로말리우스는 멍하게 그것을 바라볼 뿐이었다. 꼼짝도 할 수 없었다.

그리고 아론이 대검을 다시 뽑아 들었다. 안드로말리우스의 복부에서 피가 폭포처럼 흘러내렸다.

아론은 가볍게 허공을 박차고 올라 다시 안드로말리우스의 심장을 소멸시켰고, 다시 뛰어올라 목을, 그리고 다시 뛰어올라 머리를 폭발시켜 버렸다.

퍼거거걱!

기괴한 소리가 들려왔다.

그에 머리를 잃은 안드로말리우스의 거체는 방향을 잃고 이리저리 움직였다. 그의 전신은 거대한 구멍을 만들며 폭발했고, 그 아래 있는 언데드들은 그의 발에 밟혀 형체도 없어 사라지기 시작했다.

안드로말리우스가 만들어낸 다크 필드는 사라진 지 이미 오래였고, 수없이 많은 언데드는 구심점을 잃고 제멋대로 날뛰기 시작했다. 또한, 안드로말리우스의 머리가 사라짐에 따라 그의 어둠의 힘에 지배되었던 마법사들이 정신을 차리기 시작했다.

쿠우우우웅!

그때 바람이 불어오며 하늘에 검은 구름이 모여들기 시작했고, 종내에는 구름이 회오리치기 시작했다. 그것은 안에서 무언가를 쏟아내는 대신 지상에 있는 모든 더럽고 타락한 것들을 빨아올리기 시작했다.

"끄아아악!"

귀를 틀어막고 싶을 정도의 거대한 비명이 흘러나왔고, 용병들과 에퀘스의 성역들의 기사는 들고 있던 무기를 든 채 멍하게 그 기괴한 광경을 지켜볼 뿐이었다. 그때 아론은 손을 뻗어 아직도 이리저리 움직이고 있는, 머리 잃은 안드로말리우스의 거체를 가리켰다.

쩌저저저적!

안드로말리우스의 거체가 붕괴하기 시작했다.

그 붕괴하는 거체 속에서 세 개의 빛이 모습을 드러내니 하나는 검었고, 하나는 푸른색이었으며, 하나는 녹색이었다. 그 순간 아론은 굵은 땀방울을 흘리며 나직한 신음까지 내고 있었다.

이것은 안드로말리우스를 상대할 때도 나타내지 않았던 그의 모습이었다. 마치 세 개의 구슬과 힘 싸움을 하고 있는 모양새.

그 와중에 거대하고 비대한 검은 구슬이 힘에 부쳤는지 녹색과 청색의 구슬에 자신의 힘을 보내며 점점 작아지고 있었다.

아론은 이를 악물고 견뎌내고 있었다.

이대로 자신이 패한다면 이 세계는 폭발하고 말 것이다. 숙주를 정하지 못한 구슬들은 스스로를 태워 차원의 경계를 넘을 것이기 때문이었다. 그 힘으로 인해 이 세계는 사라지고 말 것이다.

그래서 이겨내야만 했다.

안드로말리우스를 상대하는 것보다 지금 이 순간이 더욱더 중요한 순간이라고 해도 과언이 아닐 것이다. 그래서 아론은 견뎌내기 시작했고, 그 옆으로 유리피네스와 카툼, 그리고 페인터즈 렘스덴이 모여들었다.

유리피네스가 아론의 등 뒤로 돌아가 손바닥을 아론의 등에 대어 자신의 힘을 전이시켰다. 카툼 역시 유리피네스의 등에, 페인터즈 렘스덴 역시 카툼의 등에 똑같은 동작을 취했다.

세 구슬의 힘에 밀리던 아론이 점점 우위를 차지하기 시작했고, 힘이 수평을 이뤄갔다. 그에 따라 아론은 안정을 되찾았다.

그때 아론이 왼손은 그대로 둔 채 오른손으로 검은색 구슬을 가리켰다. 그러자 그의 손짓에 이끌려 검은색 구슬이 페인터즈 렘스덴을 향해 이동했다.

페인터즈 렘스덴은 절로 입을 벌렸고, 검은색 구슬은 그의 입으로 빨려 들어갔다.

투웅!

그리고 반발력에 의해 튕겨져 나갔다.

아론은 그를 보지 않고 다시 녹색의 구슬을 가리켜 카툼에게로 흡수시켰고, 카툼 역시 튕겨져 나갔다.

마지막 남은 푸른색 구슬은 유리피네스에게로 돌렸다.

세 명은 각자 튕겨져 나가 아론을 중심으로 삼각형을 이뤘고, 아론은 그 세 힘을 적절히 이용하기 시작했다. 검은 구름으로 빨려 들어가던 언데드의 힘이 서서히 사라지기 시작했다.

아론은 자신을 중심으로 마련된 세 개의 힘으로, 하늘에서 모든 것을 빨아들이며 회오리치는 검은 회오리를 소멸시키기 시작했다.

언데드들이 변화하기 시작했다.

서서히 검은색의 먼지가 되어 흩어지기 시작했다.

언데드에 물려 언데드화되어 가던 사람들은 언데드화가 중지되고, 검붉은 피를 흘리며 다시 원래의 인간으로, 혹은 이종족으로 돌아가기 시작했다. 하늘의 검은 회오리는 점점 소멸되기 시작했고, 아론을 정점으로 눈부신 빛이 모여들기 시작했다.

그리고.

콰아아아악!

검은 회오리를 향해 눈부신 빛 기둥이 쏘아져 올라갔다.

콰아아악!

콰아아아악!

둔중하게 부딪히는 소리와 거대한 폭음이 터졌다.

콰드드득!

쿠구구구궁!

"커헉!"

"피, 피해!"

마탑이 무너져 내리고 드넓은 평원에 거대한 균열이 발생했다.

용병들과 기사들, 그리고 이종족들은 부랴부랴 자리를 피하기 시작했다. 그것은 이제 겨우 정신을 차린 마법사들 역시 마찬가지였다.

하지만 그들은 피할 힘조차 없었다.

그에 움직일 수 있는 이들이 그들을 끼고 폭발 지점을 벗어날 수밖에 없었다. 폭발과 함께 거대한 먼지구름이 시야를 가렸다. 그리고 폭풍이 일기 시작했으며 사람들은 제각기 납작 엎드려 폭풍을 이겨냈다.

"흐아아악!"

그 와중에도 지상에 남아 있던 언데드들과 마법 생명체들이 삭아서 먼지가 되어 사라지기 시작했다. 어둠에 굴복했던 모든 것들이 사라지기 시작했다.

쿠후후후훙!

한참 동안 지속되었던 검은 폭풍이 사라지고, 잠잠하게 잦아들었다.

툭! 투둑!

바닥에 바짝 엎드려 생명을 구했던 사람들이 하나둘 모습을 드러냈다.

그리고 그들은 평평하게 다져진 불의 마탑을 볼 수 있었고, 깨끗하게 사라진 평원과 말끔해진 하늘을 볼 수 있었다. 그때 누군가 손가락으로 한쪽을 가리켰고, 그곳에는 서서히 내려앉는 네 명의 신인이 있었다.

"후우~"

아론은 가볍게 한숨을 내쉬는 동시에 다른 세 명 역시 긴 한숨을 토해냈다. 그들은 눈을 떠 상황을 살피자마자 모든 것이 끝났다는 것을 깨닫고는 아론의 곁으로 다가왔다.

"끝났군요."

"그런 셈이지."

"고맙소."

"다 살자고 하는 짓이지요. 그건 그렇고……."

"나는 오크족을 통합할 것이다."

"난 이종족을 규합해 하나의 공동체를 만들 생각이에요. 인간과 같은 왕국을 만들 것이고요."

"불의 마탑을 다시 세우고 평생을 빚을 갚기 위해 살아야겠지요."

마치 아론이 무엇을 물을지 알고 있다는 듯이 대답했다.

"그럼 난 뭘 하지?"

그에 유리피네스는 냉큼 아론의 팔짱을 끼며 입을 열었다.

"나랑 가야죠."

"난 인간인데?"

"누가 당신을 인간으로 볼까요?"

"하긴 뭐 그렇긴 한데, 용병들의 대지는……."

"당신 없어도 용병들은 잘해낼 거예요. 인물이 많으니. 그리고 아주 사라지는 것도 아니잖아요."

"그건 그렇지."

"그리고 나한테 뭐 할 말 없어요?"

"할 말?"

"네, 할 말."

"아! 할 말은 아니고 줄 건 있지."

"줄 거요?"

"이거."

그러면서 아론은 반지를 꺼내 유리피네스의 약지에 끼웠다.

"지구라는 차원에서는 이것으로 영원한 결합을 약속한다고 하더라고. 다이아몬드라고 하는데 구하느라 힘들었어."

"나를 위해서 그 정도 고생은 해야지요."

"그렇지. 당신은 그럴 자격이 있지."

"보기 좋군."

카툼이 무감정하게 입을 열었다.

"축하합니다."

모든 것이 끝났다.

이제 모두 진정한 자신의 삶을 살아가야 할 때였다. 사람들
과 이종족들이 하나둘 그들의 곁으로 다가왔다. 그들의 뒤로
밝은 태양이 비치고 있었다.

『용병들의 대지』완결

작가의 말

길고 긴 글이 끝이 났습니다.

재미있었는지 모르겠지만 저는 그냥 재미있었을 것이라 자화자찬을 하고 끝을 맺으려 합니다.

시원하기도 후련하기도 하고 아쉽기도 합니다.

하지만 약간의 시원함과 후련함을 만끽하고 아쉬움은 다음 작품에서 풀 생각입니다. 그때도 여전히 제 글을 사랑해 주셨으면 합니다. 물론 재미있어야 그것도 가능하겠지만 말입니다.

독자님들도 건강하시고, 행복하시고, 돈 많이 받으시길 바랍니다. 그래서 제 글 열심히 읽어주세요.

독자님들.

편집자님들.

모두 모두 파이팅!

초대형 24시 만화방

신간 100%, 샤워실, 흡연실, 수면실(침대석), 커플석, 세탁기 완비

▪ 시흥 정왕25시점 ▪

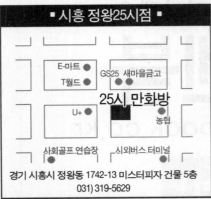

경기 시흥시 정왕동 1742-13 미스터피자 건물 5층
031) 319-5629

▪ 강북 노원역점 ▪

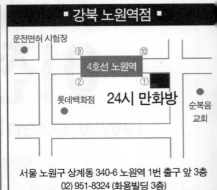

서울 노원구 상계동 340-6 노원역 1번 출구 앞 3층
02) 951-8324 (화용빌딩 3층)

▪ 일산 정발산역점 ▪

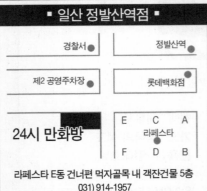

라페스타 E동 건너편 먹자골목 내 객잔건물 5층
031) 914-1957

▪ 일산 화정역점 ▪

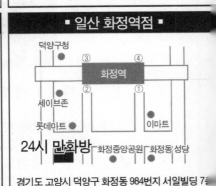

경기도 고양시 덕양구 화정동 984번지 서일빌딩 7층
031) 979-4874 (서일사우나 건물 7층)

▪ 부천 역곡역점 ▪

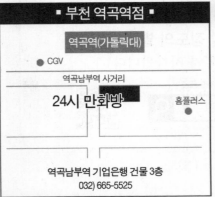

역곡남부역 기업은행 건물 3층
032) 665-5525

▪ 부평역점 ▪

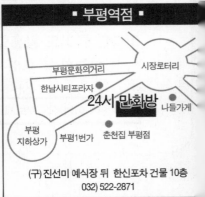

(구)진선미 예식장 뒤 한신포차 건물 10층
032) 522-2871

이계진입 리로디드

임경배 퓨전 판타지 소설

FUSION FANTASTIC STORY

『권왕전생』 임경배의 2015년 신작!

『이계진입 리로디드』

**왕의 심장이 불타 사라질 때,
현세의 운명을 초월한 존재가 이 땅에 강림하리라!**

폭군으로부터 이세계를 구원한 지구인 소년 성시한.
부와 명예, 아름다운 연인…
해피엔딩으로 이야기는 끝인 줄 알았건만
그 대가는 지구로의 무참한 추방이었다.
그리고 10년 후…….

"내가 돌아왔다! 이 개자식들아!"

한 번 세상을 구한 영웅의 이계 '재' 진입 이야기!

Book Publishing CHUNGEORAM

유행이 아닌 자유추구 -
WWW.chungeoram.com

FUSION FANTASTIC STORY

GRAND SLAM

자미소 장편소설

그랜드슬램

2016년의 대미를 장식할 최고의 스포츠 소설!!

Career record : 984W 26L
Career titles : 95
Highest ranking : No.1(387weeks)
Grand Slam Singles results : 23W
Paralympic medal record : Singles Gold(2012, 2016)

약 십 년여를 세계 최고로 군림한 천재 테니스 선수.
경기 내내 그의 몸을 지탱하고 있는 것은…… 휠체어였다.

『그랜드슬램』

휠체어 테니스계의 신, 이영석(32).
그는 정상의 자리에서도 끝없는 갈망에 사로잡혀 있었다.

"걷고 싶다, 뛰고 싶다. …날고 싶다!!"

**뛸 수 없던 천재 테니스 선수
그에게, 날개가 달렸다!!!**

Book Publishing CHUNGEORAM

유행이 아닌 자유추구 -
WWW. chungeoram.com